D E A R + N O V E L

雨の結び目をほどいて

松前侑里
Yuri MATSUMAE

新書館ディアプラス文庫

S H I N S H O K A N

雨の結び目をほどいて

目次

イラストレーション／あとり硅子

雨の結び目をほどいて

ame no musubime wo hodoite

1

『好きやねん』

いきなり言われて、心臓が止まった。

『うちの父ちゃんと君のお母ちゃんが結婚したら、夏目円《なつめまどか》になるんやろ？　俺のいっちゃん好きなＡＶ女優とおんなし名前や』

人が緊張で震《ふる》えそうになりながら自己紹介をしたのに、そう言って笑いやがったのだ。この男は……。

生徒から没収《ぼっしゅう》したビデオのケースを見てにやついている周《しゅう》を見ていたら、思い出したくないことを思い出してしまった。

円は大きな瞳でキッとにらんだが、周は気づかず、律《りつ》のアシスタントの棚橋《たなはし》と添田《そえだ》にビデオの営業を始めた。

そういうやつだったなら、最初からそういう顔をしてればいいのに……。

去年のクリスマスイヴの夜、初めて母に紹介されたときのショックは、忘れたくても忘れられない。

大きなテーブルに並べた六人分の椀《わん》にみそ汁を注《つ》ぎながら、円はきゅっと眉を寄せた。

「せっかく可愛《かわい》い顔してんのに……また眉間にしわ寄せとる。欲求不満とちゃうん？」

にやけた顔のまま、周は円が制服の上からつけているエプロンの裾《すそ》を引っぱった。

人が大家族の朝食をせっせと用意しているのに、呑気《のんき》にお茶をすすりながら、朝のテーブルでいやらしい名詞や形容詞を並べてるやつがいるからだろっ。と言いたいが、相手にするとまたろくでもないつっこみを入れてくるから思うだけにする。

「青春の捌《は》け口《ぐち》に、一本どうや？　エンちゃんは特別にタダでええよ」

差し出されたビデオを無視して、円は炊飯器《すいはんき》の蓋《ふた》を開けた。

もったいないやつ……。

「エンちゃんはおカタいなぁ……。けど、こんなん見たらよけいにカタ…」

そこまで言ってくくと笑い、無視していると、「人がボケたら、ちゃんとつっこまなあかんやん」と言ってネクタイを引っぱる。ここに来てから、みんなに言われるけれど、そんなことできないし、したくもない。

しゃもじを片手にため息をつきながら、円は豪快《ごうかい》に笑っている横顔をちらっと盗み見る。

白いシャツにブルーのネクタイ。黙っていれば、目鼻立ちの整った爽《さわ》やか系の俳優みたいなのに……。

「どっちがエロ漫画家の先生で、どっちが高校の先生かわからへんな」

「ほんま」

棚橋と添田が、それぞれ細い目と太い眉を下げながら顔を見あわせて苦笑する。

「誰がエロ漫画家やねん」

茶髪を後ろに束《たば》ねた律が、パジャマ兼仕事着のジャージ姿で、眠そうな顔で入ってきた。

この人の場合、周と違ってせっかくのルックスを台無《だいな》しにしているのは、慢性的な睡眠不足による目の下の隈《くま》とだらしない格好《かっこう》だ。

「かんにんな、エンちゃん。なるべく早《は》よメシスタント雇《やと》うし、もうちょっと辛抱《しんぼう》してな」

律は二十五歳。ふたつしか違わないのに、周よりずっと大人でやさしい。だから、『エンちゃんて呼び方、可愛いやろ?』って微笑《ほほえ》まれたとき、嫌だと言えずうなずいてしまった。

とはいっても、じっさいは週刊誌の連載に追われていて、仕事部屋にこもっているか食べているか眠っている。もしくはどこかへ雲隠《くもがく》れしている。そんな存在だった。

お兄さんというより、売れっ子漫画家の先生が同居しているというほうが近いかもしれない。

精密なメカや背景を速攻《そっこう》で描いてしまうハイテクアシスタントの棚橋や添田と違い、料理をするだけのアシスタントだったらすぐに見つかりそうなのに、もうすぐもうすぐと言いながら、律はなかなかメシスタントというものを雇ってくれない。

ここで暮らし始めて二ヵ月半、『エンちゃんのごはんは最高や』なんておだてられて、タダでこき使われているような気がする。

それに、この大阪弁……。

方言に偏見《へんけん》はないが、大阪弁を話す人間の集団にいきなり放り込まれるというのは、けっこうキツいものがある。

律が大阪から連れてきたアシスタントの棚橋と添田はもちろんのこと、担当の編集者も大阪出身で、ふだんは標準語を使っているらしいが、ここへ来ると大阪弁に戻ってしまう。学校へ行かなければ、東京だということを忘れるくらいここは大阪なのだ。

もうやだ……。

決まり文句になった言葉を胸の中でつぶやくと、円は防護策《ぼうごさく》の英会話のテープの入ったウォークマンのイヤホンを耳に突っ込み、華奢《きゃしゃ》な肩でため息をついた。

と、頭の上にぽとんとなにかが落ちてきた。

手でさわって硬直し、目で確かめて、わっと声を上げる。円はやわらかな生き物といっしょにウォークマンを床に放り出し、椅子に駆け上がった。

「どしたん!?」

周が立ち上がり、律とアシスタントたちもいっせいに円のほうを見た。

「ト…トカゲ……」

右手で床を指さしながら、左手で目を押さえる。

だから一軒家は嫌だったんだ。爬虫類《はちゅうるい》が苦手な円は、内心泣き言を言いながら椅子の上で足踏みをした。

「おっ、イモリちゃうん？　資料や資料。おまえらそのへんの紙に早よスケッチし」

「これはイモリちゃう。ヤモリや。よう見てみ。腹の色赤ないし、ほら、指かて五本…」

「説明しないでっ」

ヤモリを床から拾い上げながら解説を始める周に、円は両手で耳を押さえた。

「よしよし、天井から落ちてしもたんか？」

周は愛《いと》しそうに切れ長の目を細めると、ぱくっと割れたヤモリの口にキスをした。

円はうわっと叫ぶと、椅子の上で頭を抱《かか》えてしゃがみ込んだ。

「こんなちっさいのもあかんの？」

周は円のリアクションにがっかりしたような顔をすると、手のひらにのせたヤモリを円の目の前に差し出した。

「いやっっ」

円が手を振り払った勢いで、ヤモリは添田のゲジゲジ眉の上にぺたっと着地した。

添田はぎゃーっと叫んでヤモリを振り落とし、立ち上がって逃げようとした円はその声によろけた。

「危ないっっ」

椅子から落ちそうになった円を、周の腕が支えた。

「ほっそい腰やなぁ。女の子みたいや」

ふざけてぎゅうっと抱きしめてくる。

「やめてよっ」

円は、真っ赤になって周を突き飛ばした。

周の身体《からだ》が棚橋にぶつかり、大きな足がヤモリのしっぽを踏んだ。

「あっ……」

ヤモリが自分の尾を切って逃げるのを見て、全員の口から同じ音が洩《も》れた。

ヤモリの尾は、切り離されても床の上でぴくぴくと動いていた。円は青ざめながらそれを見ていた。逃げ出したいのに、椅子の上でしゃがみ込んだまま動けない。

「エンちゃん、大丈夫か？」

真《ま》っ青《さお》になっている円の背中に、周が手を置いた。そのとき、

「ごちそうさん」

この場にそぐわないのんびりした声がした。

全員が同じ方向を見ると、律と周の父親——つまり円の義父だった。いつの間にテーブルについていたのか、カメレオンの保護色《ほごしょく》みたいに気配を消して、この騒ぎのさなかひとり黙々《もくもく》と朝食を食べていたらしい。

父のひと言で、騒がしかった空気が一気に落ちついてしまった。円はため息をつきながら、周がヤモリの尾を片づけるのを横目に、父の湯呑《ゆの》みに緑茶を注いだ。

華やかな母がどうしてこんな地味なオジさんに惚《ほ》れたのかいまだに謎だったが、大阪弁が飛びかう家の中で、ただひとり円が落ちつけるのは、この無口な父の前だけだった。

けれど、それは単に和《なご》むという意味で、懐《なつ》くということではない。円は父に対してはまだ、やさしいオジさんという以上の印象が持てずにいた。

すべてがこんな調子だった。過ぎたり足りなかったり、住める場所だというだけで、ここはけして円の家ではなかった。

どうして自分は、こんなところでこんなことをしているんだろう。

エプロンをして家族のために食事を作ること。山のような洗濯物を思いっきり吊《つ》るすこと。庭に花を死ぬほど植えること。ケンカをしたり、泣いたり笑ったり、大勢《おおぜい》でにぎやかに暮らすこと……。

十五年もつきあっていて、こんなことが夢だったなんて知らなかった。

サザエさんちみたいなのが理想なの、なんて。洒落《しゃれ》たデザイナーズマンションで息子とふたり、気ままで自由なライフスタイルで暮らしていた人の言うことだとは思えなかった。

でも、夢というのは、案外そんなものかもしれない。

縁側《えんがわ》と長い板張りの廊下。畳《たたみ》の部屋がいっぱいある平屋《ひらや》で瓦《かわら》屋根の日本家屋《にほんかおく》。木や草花が生《お》い茂《しげ》った広い庭。あちこちで、憧《あこが》れだった花水木《はなみずき》が白と桃色の花を競《きそ》うように咲かせている。

夢を絵に描いたみたいな庭に、大好きな春がやってきた。

なのに、この家に母さんだけがいない。


真夜中に目覚めると、いつも雨の音が聞こえてる。雨なんて降っていないのに……。

ベッドの上に半身を起こし、円は乱れた息を整えようと胸を押さえた。額《ひたい》に浮かんだ汗が前髪を濡《ぬ》らしている。

この家に来てからずっと、あのとき降っていた雨が夢に訪《おとず》れては、円を安らかな眠りから引きずり出す。

『ねぇ、円もいっしょに行こ』

式も待たずに籍《せき》を入れ、マンションの買い手も決めていた母が最後に残していたのが、ウェディングドレスを選ぶことだった。

自分をひとりで育ててくれた母の幸せを邪魔《じゃま》する気などなかったけれど、円はこの結婚には本当は反対だった。母には言えない、とても個人的な事情があったから……。

円の気など知らない母は、最後の仕事から戻った夜、今までできなかったぶんこれからはうんと甘えさせてあげるね、と笑った。

毎朝ごはんは、おみそ汁と和食のおかず。もちろんお弁当も毎日作ってあげる。今は円のほうがうまいけど、すぐに追いつくから大丈夫。仕事できる女はなにやっても要領いいんだからまかせなさい。なんて言われて、嬉《うれ》しいくせに戸惑《とまど》った。

ずっと欲しかったのに、自分は甘え方がわからない。しかも、それにはひどく憂鬱《ゆううつ》なオマケがついてくる。でも、そのどっちもをうまく説明することができなかった。

そんな気持ちをどうしていいのかわからず、式の日が近づいてくるにつれて胸の中のもやもやは増していった。勘違《かんちが》いしてくれているのをいいことに、円は〝母親を取られてヤキモチを妬《や》いているひとり息子〟を演じていた。

だから、その日も、『いい歳した母親のウェディングドレス選びに行くなんてカッコ悪い』と、いかにもな憎まれ口を叩《たた》いた。

『今から着替えてたら、約束の時間に間に合わないだろ。さっさと行けよ』

パジャマのまま、わざとぐずぐずと朝食をとったりして……。

『待ってるから。は、や、くっ』

母は円の手からトーストを取り上げると、部屋のほうへ腕を引っぱった。

やわらかな髪が肩先で揺《ゆ》れ、ピンクのワンピースは幸せそうな母にとても似合っていたのに、円は苦々《にがにが》しい顔でそれを一瞥《いちべつ》した。

『着飾ったオバさんなんて、結婚式の日に一回見ればたくさんだよっ』

『なによ。ヤキモチ妬いちゃって。ガキっ』

そんなやりとりが最後のシーンになるなんて夢にも思っていなかったから、マンションの五階の窓から、雨の中を走っていくインディゴブルーのシトロエンを見送ると、もう一度ベッドにもぐり込んでふて寝した。

勝手に幸せになればいいじゃん。口では言いながら、ほんとはよかったって思っていた。一番大切な人が幸せになるんだから……。

でも、思っただけでそれっきり、伝える機会を永遠に失ってしまった。

一瞬の事故だったという。

雨で視界が悪くなっていた国道の、反対車線から飲酒運転のトラックが飛び込んできた。

警察の人は、運が悪かったと言っていた。人ひとり死んでるのに、運ってなんだよと思った。思ったけれどなにも言えなかった。母の運命を変えてしまったのは自分だ。

もし、あのとき素直に言うことを聞いて部屋に着替えに行っていたら、酔《よ》っぱらいトラックと母の車が出会うことはなかった。

しょうがないから、やっぱりいっしょに行ってあげる。なん百回言い直しても、取り返しがつかない。

「母さん…っ……」

円は頭を抱えて、膝《ひざ》に突っ伏した。

お願いだから、迎《むか》えに来て……。

今度は嫌だって言わないから、いっしょに連れてって……。


「エーンちゃんっ」

駅に向かって歩いていたら、周が改札前のキオスクの横から出てきた。

「たまにはいっしょに通勤……やなくて、通学せぇへん？」

円はちらっと見ただけで、周を無視して早足で改札のほうへ歩いていく。が、周のほうが足が長いので、すぐに追いつかれてしまう。

「なんでそんな嫌うん？　来年、二年になって、オーラル俺のクラスになったらどうすんのー」

肩にまわされた手を振り払うと、円はキッと周をにらんだ。

「夏目先生、やめてくださいっ。学校じゃ、ただの先生と生徒だって決めたでしょっ」

「俺が兄貴なん、そない恥《は》ずかしいかぁ？」

前髪をかきあげながら、ゴミ箱の上に取りつけられた鏡をのぞき込む。

「めっちゃええ男やんか」

円を振り返ると、下ろしたてのライトグレイのスーツを見せびらかすように、胸を張ってみせる。

「大阪弁がやなのっ」

円はふいと横を向く。

「えっ、なんで？　俺なんか、世界じゅうの言葉でいっちゃん大阪弁が好きやのにー」

「家じゅう大阪弁で、言葉がヘンになりそうなんだもんっ」

「それで……留学か？」

「え…？」

「玄関に落ちとったよ」

円はしまったという顔になり、周の手からボストンの私立高校のパンフレットをひったくった。もう遅いのに、隠《かく》すように鞄《かばん》といっしょに胸に抱く。

「現実から逃げたいから留学いうのは、真っ先に挫《ざ》折《せつ》するパターンやなぁ。そんな気持ちで行ってもつづかへんよ」

「逃げるためじゃないよっ。ちゃんと目的だって……」

そう、最初はポジティブな目的があった。でも、今は……。

円は言葉を失い、うつむいた。

「エンちゃんの将来の夢てなんやの？」

顔をのぞき込まれて、円はきゅっと唇を結んだ。なんで急にマジになるんだよ。

「もしかして、お母ちゃんとおんなし仕事？」

あんたに言う必要ないし、言いたくない。

黙っていると、周は円の肩をぽんと叩いた。

「夢はともかく、逃避《とうひ》が目的の留学やったらやめたほうがええよ。経験者は語る、や」

「え…？」

「あかん、電車が来よった。急ご」

とんと背中を押されて、話は途切れてしまった。ふいに円の表情が止まる。周の長い指が定期入れから定期を取り出すのに、視線が吸い込まれる。

「どないしたん？」

不思議そうに首を傾げる周に、円は気まずく瞳を瞬《またた》かせ、

「なんでもないっ」

周を押しのけるようにして自動改札を抜け、ホームにつづく階段を駆け上がっていった。

背中に周が呼ぶ声が聞こえたが、円は止まらず、そのままドアが閉まる寸前《すんぜん》の電車に身体をすべり込ませた。

ドアが閉じると同時に、階段を上がってきた周の顔が見えた。目が合いそうになり、あわててドアに背中を向けて鞄を胸に抱えた。

大きく息を吐き出すと、なにげなさを装《よそお》って少年漫画の中吊《なかづ》り広告を見る。

巻頭カラーは夏目リツの『Ｈ・Ｈ・Ｈ』。円は読んだことがないが、エッチあり友情ありの

スラップスティックSFコメディーらしい。アイドルの写真にかぶっているキャッチコピーは、〝先取り、きらり夏少女〟。グラビアの美少女は真っ赤なハイビスカスを髪に挿《さ》し、弾《はじ》けそうな水着姿で円に笑いかけてくれている。

こんなのがいい。

手の届かないアイドルがいい。遠くから見てるだけが一番いい……。

「大嫌い……」

誰にともなくつぶやくと、円はもう一度小さくため息をついた。

「テーマは〝初恋〟ってことで、よろしくー」

現代文の三井《みつい》は、眼鏡《めがね》の奥の細い目をさらに細めると、分厚《ぶあつ》い本を片手に窓際《まどぎわ》へ椅子を引きずっていった。

シドニィ・シェルダンの新刊が出ると、生徒に作文を書かせて読みふける。という噂《うわさ》は本当だった。

馬鹿《ばか》なやつだ。しかも、テーマが初恋だなんて、本格的な馬鹿だ。教師に読まれる作文に、初恋の話を正直に書くやつなんかいるもんか。いたとしたらそいつも馬鹿だ。

円は原稿用紙の真ん中に〝バカ〟と大きく書くと、それを枕に目を閉じた。

親にも言えないこと、なんであんたに告白しなきゃいけないんだ。目を閉じたまま、円はため息をひとつつく。

あの人はどこまで知っていたんだろう。

中学生にもなって女の子に興味を示さない息子がいたら、たいていの母親は「うちの子はオクテで」なんて自分に都合のいい解釈《かいしゃく》をするらしいけれど……。

シングルマザーという言葉が日本でまだメジャーでなかった頃に、ひとりで自分を産《う》んで育てたあの人は、普通の母親とは違う目で自分を見ているかもしれないと、おそれと期待の両方を持って見ていた。

今となっては訊《き》くこともできないが、奔放《ほんぽう》に生きていた一方で密《ひそ》かにサザエさんちに憧れていた人だったから、意外と普通の母親と同じだったのかもしれない。

あの人にだけはいつか本当のことを言うつもりだったのに、もうできない。だから、普通じゃない初恋の思い出は、誰にもふれられることなく胸の中に閉じ込めてある。

そんなものを、原稿用紙のマス目なんかに簡単に並べられるはずがない。

でも、ここは気持ちいい……。

窓際の席に吹いてくる五時間目の風は、睡魔《すいま》を呼び出すのに適温だ。前髪をふわりと揺らされたら、瞼《まぶた》の裏に小さな白いものが横切るのが見えた。

花びらは、ホームに立っている円の制服の肩にひらりと落ちた。

そう、初めて彼を見たのは中学三年の春、花が散って葉桜《はざくら》に変わる頃だった。

駅のホームで、五歳くらいの金髪に青い目の女の子が父親とはぐれて泣いているのを見つけた。話しかけてみようかと思いながら、電車が入ってきたので円は躊躇《ちゅうちょ》した。遅刻ギリギリの時間だった。

そのとき、女の子の前に彼が現れた。

『What's wrong?』《どうしたの?》なんて言わなかった。

『Which is more handsome, your father or me?』《君のパパと僕、どっちがハンサム?》と言って笑いかけた。きれいな発音と、やさしい声だった。

泣いていた女の子は、彼の笑顔につられたように涙の溜《た》まった瞳で微笑んだ。

『I guess you are a little bit more handsome』《あなたのほうが、ちょっとだけハンサムよ。》

『Well, then, why don't we go on a date today?』《じゃあ、これからデートしようか?》

円は電車に乗るのも忘れ、映画のワンシーンみたいな会話に心を奪われていた。

『Yes, if daddy says it's OK』《パパがいいって言ったらね。》

『Then, we should ask the station staff to find your daddy as soon as possible』《じゃあ、駅の人に急いでパパを探してもらおう。》

彼の長い指が、女の子の小さな指にからまった。

甘ったるい春風のせいだったかもしれない。その瞬間、円は恋をしていた。

そして、迷っていた、母と同じ通訳の道に進むことを決めてしまった。

英語は好きだけれど、企業の会議やシンポジウムのたびに、夜遅くまでテーマに必要な専門知識の勉強をしているのを見て、集中力のない自分には無理だと思っていた。

けれど、彼が英語で女の子を助けるのを見て心が決まった。もともと興味はあったものだけに、たとえ不純でも、強い動機ができたらあとは簡単だった。

『通訳になるなら、英語だけできてもだめよ』

プロらしく厳しい言葉をくれたけれど、円が熱心に勉強を始めたのを見て、なにも知らない母はご機嫌だった。

それからはもう、駅で彼を見つけることと英語の勉強が円の生き甲斐《いがい》になってしまった。

手にしている教科書や下車する駅から、沿線《えんせん》の外語大の学生だということはすぐにわかった。

一限目から講義があるのは週に三回。ホームと電車の中でこっそり横顔を盗み見る。ただそれだけの、たった十五分のどきどきが円のすべてだった。

着痩《きや》せして見えるだけで胸のあたりに筋肉がついていそうだとか、髪をかきあげるときの肩から手首にかけてのラインや、ドアに寄りかかったとき背中にできるシャツのしわがきれいだとか、本を読むときにかける黒いフレームの眼鏡がすごく似合うとか……。

ジグソーパズルがはめ込まれるように、自分の好みにぴったりくることばかり発見してしまう。ひとつ見つけるたびに、胸の中の甘い息苦しさは増してゆき、友人たちとは違う男としての自分に鬱々《うつうつ》としていた円には、彼のいる場所だけが輝いて見えた。

そして半年後、チャンスが目の前に落ちてきた。

赤茶色に変わった桜の葉がホームに舞い落ちる頃、電車に乗り込む彼が定期入れを落とすのを見た。神さまのプレゼントだと思った。彼に話しかける最初で最後のチャンスだった。

大好きな長い指がいつもふれていた定期入れが手の中にある。そう思うと、期待と不安で胸が震えた。

でも、円がそのチャンスを使うことはなかった。黙って駅に届けただけだった。

ずっと知りたかった名前がわかったと同時に、一番知りたくなかったことまでわかってしまった。定期入れの中には、髪の長いきれいな女の人の写真が入っていた。

これが普通だよ。自分に言い聞かせて、円は半年つづいた幸せな片想いをお終《しま》いにした。

夏目周という大学生が、母の再婚相手の次男《じなん》だと知る二ヵ月前のことだった。

神さまがくれる不思議な偶然は、いつだって円を幸せにはしてくれない。翌年の一月、円の失恋をだめ押しするように周は兄になり、この春には入学した高校の教師になっていた。

失恋した相手が通っている高校の教師で、しかも、ひとつ屋根の下で暮らしている。

それが、円が家を出なければいけないくらい周を嫌っている、いや、嫌いになろうと努力している理由だった。

2

「大阪弁の人は絶対にだめですっ」

ガチャンと乱暴に受話器を置いてから、円《まどか》ははっとして口を押さえた。

電話台は、母の夢の話を聞いて『サザエさんちと同じにしよう』と周《しゅう》が置いたものだが、玄関からそれぞれの部屋へつづく廊下に置いてあるので、大声で話すと内容が筒抜《つつぬ》けになってしまう。

「えらい言い方やなぁ」

いきなりジーンズの尻《しり》をぽんと叩《たた》かれ、円はひゃっと声をあげた。

「なんや、今の電話？」

素肌に着た薄手《うすで》のセーターの襟元《えりもと》を掻《か》きながら、周は怪訝《けげん》そうに円を見た。

「だって……」

棚橋《たなはし》と添田《そえだ》は、編集部を通さないで弟子《でし》にしろなんていう電話がかかってきたら、無条件に断《ことわ》ってくれと言っていた。律《りつ》は忙《いそが》しいときでも延々《えんえん》と話を聞いてやったり、気安く遊びに来いと言うらしく、絶対に取《と》り次《つ》いではいけないと釘《くぎ》を刺《さ》されていた。

「律は大阪出身やのに、大阪弁やからあかんいうのはまずいんちゃう？」

周に言われなくてもわかっている。口から出てしまった言葉は、自分の都合だった。胸の中に溜《た》まっていたものを、見ず知らずの人間にぶつけてしまった。

電話を切った瞬間しまったと思ったが遅かった。訂正《ていせい》しようにも、どこの誰だかわからない。

「ジョン・レノンみたいに、律もファンに殺されたりしてな」

「……」

円が青くなると、周はウソウソと言って円の頭を撫《な》でた。

「律にそこまでしてくれるファンおらんて。それより、俺とデートせえへん？」

「えっ……」

円は今度は赤くなる。デート……？

「恐竜展《きょうりゅうてん》のタダ券二枚もろてんけど、どうしてもエンちゃんといっしょに行きたいねん」

「な、なんで僕が、そんなもの行かなきゃいけないんだよっ」

デート。嫌そうな顔をして見せるのが精一杯で、心臓は小刻《こきざ》みにビートを打っている。

「爬虫類《はちゅうるい》、好きになってもらおう思て」

「……！」

円はさっきとは違う意味で真《ま》っ赤《か》になった。周の冗談にどぎまぎしてしまった自分がみっと

もなくて、

「な、なんでそんなもん、好きにならなきゃいけないんだよっ」

叩きつけるように言うと、廊下をばたばたと走っていった。

なにが『デートせえへん？』だよっ。大阪弁で誘うなっ。タダ券の恐竜展のどこがデートなんだよっ。爬虫類なんて死んでも好きにならないっ。

周となんか、絶対にいっしょに行かないっ。

円は部屋に飛び込み、ベッドに倒れ込んだ。

どきどき鳴っている胸を押さえて、ぎゅっと目を閉じる。

失恋相手と暮らすということは、歯医者に行かず、虫歯がしくしくと痛みつづけるのに耐《た》えているのと同じだ。

「周の馬鹿《ばか》……」

円はベッドカバーを細い指でつかんだ。

お願いだから……。

デートなんて単語、冗談で使わないで……。

「おったぁ……プテラノドンや。こいつがラドンのモデルやねんよ……」

吹き抜けの天井から吊《つ》るされた巨大な翼竜《よくりゅう》のレプリカを見て、周はうっとりとため息を洩《も》らした。

ティラノサウルスがゴジラで、アンキロサウルスがアンギラスのモデル。訊《き》いてもいないのに得意気《とくいげ》に解説してくれる周に、円は苦々《にがにが》しく眉を寄せた。

骨や化石、実物大に再現したレプリカとはいえ、大嫌いな爬虫類の親分である恐竜がぞろぞろいる場所など、円には拷問《ごうもん》だ。

だいたい、日曜の午後の博物館なんて来るもんじゃない。恐竜というテーマのせいか家族づれがほとんどで、あちこちで子供の甲高《かんだか》い声がしてうるさくて仕方ない。

でも、一番うるさいのは自分の隣《となり》の大きな子供だ。

「こんなでっかい生き物が空飛んどるとこ想像してみ。めっちゃわくわくせぇへん？」

周はジャケットの裾《すそ》をばたつかせ、翼竜が飛ぶ真似《まね》をした。

「ぞくぞくならする」

円が嫌そうな顔をすると、周は子供のように目を輝かせた。

「ほんま、鳥肌《とりはだ》もんや。見てみたかったなぁ……。カッコええやろなぁ」

都合よく受け取る周に、円は呆《あき》れたように肩で息をついた。

「そんなに動物が好きなら、生物の先生になればよかったじゃん」

「怪獣《かいじゅう》が好きなだけではなられへん」

「カイジュウ？」

「俺、円谷《つぶらや》プロオタクやってん。物置ん中、怪獣の人形いっぱい入ってる。エンちゃんにあげよか？」

子供にするみたいに目の奥をのぞき込まれ、円はぱっと目の下を赤くした。

「そんなもん、いらないっ」

逃げようとしたが、パーカのフードをつかんで、周はしつこく勧《すす》めてくる。

「プレミアついて、何十万もするやつもあんねんよ」

「そんな大事なものだったら、どうして物置なんかに放り込んでるんだよっ」

円がつっこみを入れると、周はちょっと考えるような間を置いて、さらりと前髪をかきあげた。

「こんなええ男が怪獣オタクやなんて、ばれたらカッコ悪いやん」

「そんなこと気にするなんて、似合わないっ」

「俺、これでも気ぃ弱いねんよ。昔から、いっちゃん好きな人にはなかなか告白でけへんし……。怪獣好きなことかて、生徒に話すのエンちゃんが初めてや」

絶対に内緒《ないしょ》な、と耳元でつけ足す。

円はカッと赤くなり、あわてて頭上のプテラノドンに視線を逃がした。

怪獣なんてどうでもいい。

そんなことより、〝いっちゃん好きな人〟って誰だろう。

いっしょに暮らし始めて、周がデートをしている様子がないのに気がついた。放課後はバスケット部のコーチをしているし、休みの日は、家事をする円にちょっかいを出しているか、本を読んだり勉強したりしている。

ときどき誰かと電話をしているけれど、廊下の電話で、誰に聞かれても平気だと言わんばかりの大声で、恋人というよりただの友達というノリでしゃべっている。

定期入れの写真の人とは、どうなったんだろう。

「そやから最初、エンちゃんのことなんて呼んだろうかって律と話したとき、ツブラって呼ぼって言うてんよ」

「な…なに？」

円は我に返って周の顔を見た。

「円《まどか》って円谷《つぶらや》プロの円《つぶら》って字やろ。けど律に、ツブラなんて怪獣ちゃうねんぞってどつかれてしもた。ミニラみたいで可愛《かわい》いのになぁ」

なにそれっと怒ると、「こんな上等のキバ生《は》えとるやん」と、円の頬《ほお》をつついて笑う。

「これは八重歯《やえば》っていうのっ」

円は赤くなって周の手を振り払った。そして、甘ったるい気分を払拭《ふっしょく》するように首を横に振った。

ヘンなあだ名だって毛嫌《けぎら》いしていたのに、ふたりでなんて呼ぶかを考えてくれていたなんて……知らなかった。

「どしたん？」

首を傾《かたむ》けて周が訊く。

「なんでもないっ。いいから、さっさと見ちゃってよ。早く帰りたいんだからっ」

ひとりで赤くなったり焦《あせ》ったりしている自分がみっともなくて、円は逃げ出すように次のノースへと急いだ。

思いっきり馬鹿《ばか》だった。

絶対に行かないと言ったくせに、どうして来てしまったんだろう。こんなふうにいっしょにいたら……。

早足で歩きながら、円は唇を噛《か》んだ。

恋人がいてもいなくても、あの人の隣に似合うのは……自分じゃない。


会場にいる客たちの中から、誰か芸能人がいるのかという声が聞こえる。

囲《かこ》まれているのはただの高校の英語教師で、まわりにいるのはその生徒たちだ。

やけに知っている顔を見かけると思ったら、生物を選択している二年生に、校外学習のために恐竜展のチケットが配《くば》られていたらしい。周もそれをもらってきたのだ。

円は少し離れた場所で始祖鳥《しそちょう》の化石を見るふりをしながら、女子高生に囲まれてやにさがっている周を見つめた。

学校でのスーツ姿と違う、ジーンズにジャケットを羽織《はお》ったラフな格好《かっこう》がウケているらしい。

「弟とデートなんて、先生って見かけによらず淋《さみ》しい生活してるんですねぇ。かわいそー」

言葉とは裏腹に、女生徒のひとりが嬉《うれ》しそうに周の腕に手をからませる。

円はきゅっと眉を寄せた。

「黒板に向かう孤独な背中に、男の哀愁《あいしゅう》が滲《にじ》み出《で》てるやろ?」

周は彼女にくるりと背中を向けると、紳士服のチラシみたいなポーズをしてみせた。

孤独? 哀愁? 自分がモテるのを知っているから、そういうことが平気で言えるのだ。

でもモテるのはわかる。周は女の子をそらさない。笑わせたり楽しませたりするのが、呼吸するみたいに自然にできる。

彼女たちが周を放す気配《けはい》はなく、お茶しましょうなんて言っている。周が女の子の誘いを断るはずもなく、そんなことにつきあわされるのは冗談じゃない。

そうだそうだと自分に言って、円は黙ってその場を離れていった。

電車のシートに坐《すわ》ると、いきなり眠気《ねむけ》が襲《おそ》ってきた。まだ十五歳だというのに、身体《からだ》のあちこちに生活の疲れが溜まっている。

夜は学校の予習と留学のための勉強があるし、朝は五時に起きて朝食と弁当作りの仕事がある。父と周と自分、プラス仕事が詰《つ》まっているときは律と棚橋と添田のぶんまで作らなくてはいけない。

命令されているわけではないが、みんなで『やっぱりコンビニ弁当や出前とは違う』なんて、嬉しそうな顔で脅《おど》すのでやめられないし、母がしたかったことだから自分が代わりに……なんて殊勝《しゅしょう》なことを思ったりもする。

それに……。

母の葬儀《そうぎ》のあとで、自分の身の振り方について父に訊けずにいたとき、周が口にした言葉を円は忘れられずにいた。

『律がメシスタント見つけてくるまで、エンちゃん俺らのごはん作ってくれる？』

そう言って、円にエプロンをかけ、腰に蝶結《ちょうむす》びを作ってくれた。

そのひと言に泣きたいくらい救われたくせに、嫌《いや》そうな顔でうなずいてしまった。

自分が甘えたいことも、周がやさしいことも、急いで消去しなければいけないデータだったから……。

なんだかひどく安心で、いい気持ちだなぁと思った。

が、誰かがくすくす笑う声に、円ははっとして目を開けた。

目の前で、OL風の女性ふたりがこっちを見て笑っている。その風景が、なぜか真横に倒れて見える。

「あっ……」

隣の人に膝枕《ひざまくら》状態で眠っていたことに気づき、あわてて身体を起こす。

「ごっ、ごめんなさいっ」

ばさっと、大きなジャケットが背中から床に落ちた。

「どういたしまして」

「……」

にっこり笑いながらジャケットを拾ったのが周だとわかり、円は真っ赤になった。

周の膝で眠ってた？　な、なんで？

「よろしかったら、もう一周、膝貸しましょうか？」

「ど、どういうこと…っ……」

舌がもつれる。

「それはこっちのセリフやろ。勝手に帰ってまうし、電車に乗ったら爆睡《ばくすい》しとるし……。エン

ちゃん、眠りこけたまま山手線《やまのてせん》一周して、俺が乗るとき上野《うえの》に戻ってきたんやで」

で、ここが上野で……ってことは……？

「目ぇ覚ますまで寝かしといてあげよ思たら、また上野まで戻ってきてしもた。エンちゃんは二周目や」

あははと笑う周に、円はどっと脱力《だつりょく》する。

「あははじゃないよっ。降りる駅で起こしてくれればいいのに…」

「ごめんっっ」

深々と頭を下げる周に、円は目を瞬《またた》かせた。

「この作戦は完全に失敗や」

「作……戦？」

「エンちゃんのこと頼りまくって忙しくしとったら、気ぃ紛《まぎ》れるし……怒ったり文句言うたりしてるうちに、ほんまの兄弟みたいに、ケンカしたり甘えたりしてくれるようになるんちゃうかって……」

どきんとなった。ため息をつく周なんて初めて見た。

「けど……疲れさしただけやった。律にもすぐにメシスタント探させるし……許してな」

円はきゅっと唇を噛んだ。

「三井《みつい》のおっちゃんにも、なんか家庭に問題あるんちゃうかって言われてしもた。ほんま、ごめんな」

疲れてはいたけれど、嫌々やっていたわけじゃない。三井が問題だと言ったのは、眠っていたことではなく、原稿用紙に〝バカ〟と書いたことのほうだと思う。

「作戦変更やな……」

また、ため息。円は困って足元を見る。

「どないしたらエンちゃん懐《なつ》いてくれるんか……ちょっとでええから、ヒント教えてくれへん？　俺に悪いところあったら直すし、なんでも言うてみて」

大阪弁だけはあかんけど、と周はつけ足して笑い、泣きたいような胸の痛みに、円は膝の上で拳《こぶし》を握《にぎ》りしめた。

人が必死に嫌いになろうとしてるのに、もっと好きになるようなことばっかりするところが嫌い。なんて言えるわけがない。

円が黙ってうつむいていると、周はまたジャケットを肩にかけてくれた。

「今度は着いたらちゃんと起こすから、寄っかかって寝ててええよ」

円は自分の靴をにらんだまま、唇を噛んだ。

こんなやつ、どうしてこんなに好きなんだろう……。

3

努力すればするほど、反対のほうに現実が転《ころ》がってしまうのは、運命か体質か……。

じゃがいもの皮を剝《む》きながら、円《まどか》は大きなため息をついた。

これ以上のニアミスは避《さ》けようとしているのに、思いがけず、この広い家で周《しゅう》とふたりきりで過ごすことになってしまった。

土曜日の朝、父は大阪の研究所へ一泊二日の出張に、律《りつ》とアシスタントたちは沖縄《おきなわ》へ二泊三日の取材と、羽田《はねだ》からそれぞれに旅立っていった。

「なんや、新婚さんみたいやな」

夕食のとき、テーブルに並べた料理を挟《はさ》んで差し向かいになると、周はそんなことを言った。

「男同士で、どうして新婚なんだよっ」

円はあわててエプロンをはずすと、冗談じゃないという顔をした。こんなこと、冗談で言ってほしくない。

「可愛《かわい》いから、エンちゃんがオスやいうこと忘れとった」

「お…オスぅ？」

「エンちゃん怪獣《かいじゅう》やもん」

周はテーブル越しに腕を伸ばしてきて、円の頬《ほお》をつついた。

「キバじゃないってばっ」

円が怒ると、周は嬉《うれ》しそうな顔をする。

「俺、お母ちゃんにこんなええオモチャもろて、感謝せなあかんな」

「勝手にオモチャにしないでよっ」

子供扱《あつか》いされて腹が立つ。なのに、周といると子供じみたリアクションをしたくなる。感情の平衡感覚《へいこうかんかく》が狂ってくる。つっぱっていた気持ちが、ふっと傾《かたむ》きそうになって焦《あせ》る。

「やっぱ、エンちゃんの肉じゃががいっちゃんうまいなぁ」

円は、ふんと言って横を向いた。

べつにこんな言葉が聞きたかったわけじゃない。周が肉じゃがが好きだからじゃなくて、簡単だから作っただけだ。いつもへらへらしてる周の笑顔なんか、もう見飽《みあ》きてる。なんて、自分に嘘《うそ》をついた罰かもしれない。その夜の夢は雨になった。

円はどきどきいっている胸を押さえ、肩で小刻《こきざ》みに息をついた。

自分ではなく、母がここにいるのが正しい配置なのだと、円を責《せ》めるように雨は激しく降っていた。

家族と分かちあうことのできない普通じゃない気持ちを抱《いだ》いたまま、せっかく与えてもらった団欒《だんらん》から逃げる計画を進めている。そんなやつが生きていて、必要とされていた人が失われてしまった。

お父さんが欲しかったのは奥さんで、律さんや周が欲しかったのはお母さんなのに……。

シャワーを浴びて台所へ水を飲みに行くと、パジャマ姿の周が煙草《たばこ》を吸っていた。

驚いた。煙草をくわえている周なんて、初めて見た。

「あ……見つかってしもた」

周は苦笑《にがわら》いして、手に持っていた小さな灰皿で煙草をもみ消した。

「未成年がおる家で教育者が煙草吸ったらあかんて、父ちゃんに言われてんねん。内緒《ないしょ》にしとってな」

「お父さんいないんだから、こんな夜中に吸わなくてもいいじゃない」

円が怪訝《けげん》そうに言うと、周は肩をすくめて笑い、

「エンちゃんこそ、こんな時間に風呂入ったりして、おねしょしたんやろ？」

パジャマのパンツのゴムの部分をひょいと引っぱる。

「ち、違うよっ。眠れなかったから……」

あわてて手をどける。

「ビデオ貸そか？　無修正の超レアもの」

「いらないよっ」

いやらしい。どうせまた、生徒から没収《ぼっしゅう》したＡＶに違いない。

「六四年ものの『モスラVSゴジラ』。めっちゃカッコええよ」

「えっ？」

「あ、Ｈビデオやって思った？」

キッとにらみつけると、

「ほな、お兄ちゃんが子守歌うとてあげよ。早《は》よベッドに入り」

肩に手をかけてくる。

「やめてよっ」

激しく手を払ったので、周は驚いた顔をし、円は気まずくうつむいた。

「だって……そんなふうに……弟にするみたいに……」

「エンちゃんは弟やんか」

「……！」

周の言葉が、円の中のふれられたくない部分を突《つ》き刺《さ》した。

「もとは他人なんだから、なれなれしくさわんないでって言ってるのっ」

胸の中の気持ちは歪《ゆが》められ、最低な言葉になって飛び出してきた。

ほかにも言葉はあるのに、どうしてこんな……。

「馬鹿《ばか》みたい……」

低くつぶやくと、円は周の顔を見ないで部屋に走っていった。


悪いのは周だ。

怪獣とかオモチャとか、おねしょとか子守歌とか……。無神経に、人を子供扱いする単語を使うから……。

円は枕に顔を埋《うず》めたまま、濡《ぬ》れた髪から冷たい水が頬に流れてくるにまかせていた。

ほんとに子供だったらよかった。

もっと幼い頃に兄弟になっていたら、こんな思いをせずにすんだかもしれない。

肩を抱かれたとき、煙草の匂いがした。

ただそれだけのことだったのに……。

円は、枕の端《はし》をぎゅっとつかんだ。

シェーバーにシェービングクリーム、ボディローションやヘアリキッドの瓶《びん》。自分と母の生活にはなかった大人の男の匂いのするものが、洗面所や風呂場にあるのを見るたびに、そわそわと居心地《いごこち》が悪くなり、そのくせわくわくと嬉しいような気分になってしまう。
無造作《むぞうさ》に脱ぎ捨てられたYシャツやランニングを見るだけで、身体の奥に熱を感じてしまう。生活の中の些細《ささい》な小道具に抱く自分の衝動《しょうどう》にくらべたら、AVを見て興奮するなんていやらしくもなんともない。

「周…っ……」

手の甲《こう》で押さえた口から、思わず声が洩《も》れる。シーツが擦《こす》れる微《かす》かな音に、身体の芯《しん》が熱くなる。

こんな自分を知られたら……。

鍵の掛かった部屋の中、誰に見られているわけでもないのに、羞恥《しゅうち》と後ろめたさで全身が赤くなっている気がする。

周はどう思うだろう……。

オモチャみたいな弟が、自分に抱かれる夢を見ているなんて……。

ケンカをしたと思っていたのは円だけで、翌日の日曜日、周はいつもの調子で円をからかって、ご機嫌《きげん》で部活に出かけていってしまった。

ほっとしながら、なにか釈然《しゃくぜん》としないまま夕方になったのだが……。

「な、なっ、夏目《なつめ》リツはどこだっ」

いきなり後ろから声をかけられて、台所で米を研《と》いでいた円は、ヤモリに会ったときみたいに飛び上がった。

が、ネルシャツに汚いジーンズを穿《は》いた二十五、六歳の男を見て、エプロンで手を拭《ふ》きながらあわてて会釈《えしゃく》をする。

「律さんは留守《るす》です……けど」

「る…留守ぅ?」

男は濃い眉をしかめると、太い指で円の襟首《えりくび》をつかんだ。

「『H・H・H』のナマ原稿、どれでもええから黙ってよこせっ」

「担当さん、いつ変わったんですか?」

夏目家では誰かが常《つね》に家にいるので鍵は掛けないし、勝手にみんなが出入りしているので、編集の人がいきなりいても円は驚かない。が、また大阪弁なのにこっそり舌打ちをする。

「え…?」

喉元《のどもと》にナイフが突きつけられているのを見て、円はやっと自分の置かれている状況に気がついた。

「大阪弁の人間はあかんて……せ、先生は大阪の人とちゃうんか?」

円ははっと顔を上げた。あのときの電話の男だ。腹立ちまぎれに、理不尽《りふじん》なことを言って切った電話の……。

「ごめんなさいっ」

円が急に頭を下げたので、男はあわてて喉元のナイフをどけた。

「あれ嘘《うそ》です。僕が勝手に……律さんはそんなこと絶対に言わ…」

「早よ、原稿、だ…出せっ」

今度は、背中にナイフを突きつけている。

「そんなこと勝手にできないよ」

「こ、こ、殺されてもええんか？」

「……」

円の白い喉がごくっと鳴った。

この男にはそんなことはできない。声も手もガチガチに震《ふる》えている。円は自分に言い聞かせる。こんなやつにやられるはずはない。

「原稿は渡さない。殺したかったら殺していいよ」

「え…？」

「殺せよっ」

円はくるりと男のほうへ向き直ると、男の手首をつかんでナイフを自分の喉元に引きつけた。

「ひっ……」

円の暴挙《ぼうきょ》に、男はナイフを差し出したままガタガタ震えだした。

「僕はこの家にはいらない人間なんだ。だから、べつに死んだっていいんだよっ」

「もういっぺん言うてみ」

「……!?」

振り向くと、台所の戸口に周が立っていた。

「ち、近づくなっ。近づいたら……こ、こ、こいつがど、ど、どうなっても……」

小柄な円と違い、背も高く迫力《はくりょく》のある周を見て、男はさっきよりひどく震え始めた。

「おまえは引っ込んどれ。俺が用があんのはこいつや」

周は低い声を出すと、男の肩を強く押して突き飛ばした。

男は冷蔵庫に背中をぶつけ、手にしていたナイフは板張りの床を滑《すべ》っていった。

「エンちゃん、今なんて言うた？」

周の怒りは、男ではなく円のほうに向けられていた。

「今言うたこと、もいっぺん言うてみ」

「うるさいなっ。周には関係な…」

バシッと円の頰が鳴った。

床に転がっていた男は小さな目をぱちぱちとさせ、周と円を交互に見上げた。

「なんでそんなこと言うんか、ちゃんと説明でけへんかったら、もう一発ひっぱたく」

「この家じゃ、僕なんてトカゲのしっぽだってことだよっ」

とっさに吐き出してしまってから、円は自分で自分の言葉に驚いて口を押さえた。

あの朝、切られても動いていたヤモリのしっぽを見てすごく嫌な気持ちになった。生理的に気持ち悪いという以上に、べつのなにかがひどく円を憂鬱《ゆううつ》にさせていた。

なんだったのか、今頃わかった。

いじけた考えだ。

出ていきたがっているくせに、一方ではそんなふうに思っていたなんて……。

もう一発叩《たた》かれる。そう思って顔を上げたのに、周はやさしい目をして微笑《ほほえ》んでいた。

「……それやったらええよ」

頭を撫《な》でられ、円はわけがわからず目を瞬《またた》かせた。

「トカゲのしっぽは大事な身体《からだ》の一部や。みんなが思てるように、ちぎれてもまた生えてくるからええいうもんちゃう。あれは命守るための非常手段や。自分でしっぽ切るいうんは、あいつらにとって命がけのことなんや」

円は黙ってうつむいた。

「自分のこと大事に思ってるんやったらええよ。さっきのは本気ちゃうってことやろ？」

胸の奥がぎゅっと締《し》まって泣きそうだった。

「俺、トカゲのしっぽ好きや。可愛いし、しっぽなかったら、あいつらのナイスバディも台無《だいな》しや思わへん?」

うなずこうとしたら、堪《こら》えていた涙がじわっと湧《わ》いてきた。と、ふいに周が抱きしめてきた。

「アホ……身体、震えてるやないか……」

そう言われて初めて、本当はこわかったことに気がついた。

「周……僕…っ……」

喉が詰まって、うまく声が出ない。

「もうええ。わかってる」

大きな手のひらが背中を撫でてくれる。

「けど……死んでもいいなんて、冗談でも言うたらあかん」

嘘みたい。周の胸の中にいる。ずっと想像してた周の……。

「あのー……」

下のほうから間の抜けた声がした。

はっとして足元を見ると、すっかり存在を忘れられていた男が、情けない顔で周と円を見上げていた。

「すまんすまん。待たせてしもたな。今度はおまえの番や」

円と男は、えっという顔で周を見た。

「なんでこんなことしたんか、三分間だけ言い訳さしたる。だらだらしゃべらんと、ちゃっちゃと話さなあかんよ。ほな、スタート」

周がぽんと手のひらを拳固《げんこ》で叩くと、男は背筋をしゃきんと伸ばし、円はぽかんと口を開けていた。


「すごい……」

冷蔵庫の残りもので作ったとは思えない。テーブルに並べられた繊細《せんさい》な和食の料理に、円は目を丸くしていた。

男は堀江《ほりえ》といい、がっしりした身体のせいか二十代半ばくらいに見えたが、漫画家志望のまだ二十歳《はたち》の青年だった。

大阪の大きな料亭《りょうてい》の長男で、十七のときから京都の旅館に修行《しゅぎょう》に出されていたのだが、どうしても漫画家になる夢をあきらめられず、逃げるように上京してきたという。そして、尊敬している漫画家の夏目リツを頼って電話をかけたところ、円が出てきて例のセリフを吐いた。

『大阪弁の人は絶対にだめですっ』

ショックで呆然《ぼうぜん》としているところへ親が乗り込んできて連れ戻されそうになり、飛び出してきたものの行くあてもなく……。

『ヤケ起こして、原稿泥棒とはスケールが小さ過ぎへんかぁ？　あんなもん、律に言うたらいくらでもくれるわ』

周は人の身の上話を身《み》も蓋《ふた》もない言葉でまとめると、板前《いたまえ》をしていたという堀江になにか作ってみろと言った。

円はきれいに梅の形になったにんじんに感動しながら、なにを考えているんだろうと周の横顔を見た。

「合格やな」

円は箸《はし》をくわえたまま、きょとんとした。

「おまえ、律のメシスタントに雇《やと》ったる」

「えっっ!?」

円と堀江は同時に叫んだ。

「今うちで必要なんは料理人や。漫画のことは、おいおい律がなんとかしてくれるやろ。とりあえず、そういうことで働いてみ」

「周、そんなの勝手に……じゃなくて、この人、泥棒なんだよ」

「いらん人間が来ることはないやろ」

後ろから声がして、円は振り向いた。いつの間にか、父がアタッシェケースと〝えびすめ〟と書かれた紙袋を提げて立っていた。

「うまそうやな」

背広を脱《ぬ》いで椅子にかけると、父はおもむろに堀江の料理を食べ始めた。

「いける」

父の言葉に、周は大きくうなずいた。

「おおきにっ」

土下座《どげざ》する堀江を見下ろしながら、円はやりきれない気分になっていた。

「これでエンちゃんも主婦業から解放されるし、めでたしめでたしや」

これっていったい……。

当事者の律の意見を無視して、勝手に決めてしまうなんて……。というか、この家の人には、警察に届けるとか親に連絡するとか、そういう発想がないのだろうか。

憮然《ぶぜん》とした顔をしている円に、周は片目をつぶってみせた。

「来るものは拒《こば》まず。うちの家訓《かくん》や」

周は当たり前みたいに言ったが、円は納得できなかった。いや、したくなかった。

そして、翌日の夕方、撮りまくったフィルムとパイナップルを抱《かか》えて、律とアシスタントたちが沖縄から帰ってきたのだが……。

『原稿盗んでくれるほどのファンやったら、信用できるやろ』

話を聞くと、律はそんなことを言って、堀江をあっさり雇ってしまった。しかも空《あ》いている部屋があるからと、住み込みで。

呆《あき》れるというより、ショックだった。

たしかに、話してみると堀江は人の好《よ》い青年だったが、一度は自分に刃物《はもの》を向けた人間である。どうしてそんなに簡単に信じてしまえるのか、円には理解できなかった。

母のオマケだった自分を引き取ってくれたのも、同じノリだったのではと思うと気持ちが沈んだ。〝来るものは拒まず〟という夏目家のモットーが、自分にも堀江にも同じように使われたことに、理不尽《りふじん》にも傷ついていた。

ただ、身体と時間だけは自由になった。

さすがに住み込みで板前修行をしていただけあって、堀江は料理だけでなく家事全般なんでも要領よくこなす。円と違って身体も大きく力もあるから、買い物も一度に山ほどしてくるし、洗濯物もさっさと運んで一気に干してしまう。

おかげで家事労働がなくなり、留学のための勉強に専念《せんねん》できるようになった。でも、心は晴れなかった。日米の歴史、経済、政治……。留学前に読んでおかなければいけない本はいくらでもあるのに、ページを繰《く》るのさえ億劫《おっくう》だった。

家の中で大阪弁を使う人間が増えたことも、円を憂鬱《ゆううつ》にさせていた。

またひとつ、嘘つきな自分の本心に気づいてしまったから……。

家じゅうが大阪弁なのが嫌だったのは、自分だけが違う言葉を使っているのが淋《さび》しかったからだった。

4

「アホ、訊《き》くなや。俺かて会いたいに決まってるやろ……」

夜遅くまで勉強していて、コーヒーをいれに行こうとドアを開けたら聞こえてしまった。

廊下の電話で周《しゅう》が大声で電話をしているのはわかっていたが、そのセリフはいつもと違うトーンを帯《お》びていた。

「顔見たい……写真送ってくれへん？」

ドアを少し開けたまま、円《まどか》は動けなくなった。

「そしたら、近いうちに大阪行くから……うん。圭子《けいこ》の料理食べるの久しぶりやし、楽しみにしてる」

指先が、しんと冷たくなる。〝まどか〟という名前なら、もしかしたら男かもしれないけれど、〝けいこ〟というのは絶対に女性だ。

デートをしないはずだ。写真の彼女は大阪にいたのだ。いわゆる遠距離恋愛というやつ。

馬鹿《ばか》みたい……。

息を殺し、円は自分の肩を抱いてうずくまった。

最初からわかってたくせに……。

自分はいったい何回、同じ人間に失恋したら気がすむんだろう……。


「今度、エンちゃんに会ってもらいたいやつがおるねんけど……」

ついに来たかと、円はどきっとした。覚悟していたのに身体《からだ》が反応してしまう。

この頃、些細《ささい》なことでどきんとなって、慢性的《まんせいてき》に胸が苦しい。吐き出せない言葉の代わりに、風邪《かぜ》でもないのに咳《せき》が出るし、溜《た》まった気持ちが微熱《びねつ》になって身体にまとわりついていた。

心のダメージが、きっちり身体の弱い部分に出てきてくれる。こういうところも子供っぽくて情けない。

「エンちゃんにも好きになってもらわんと、いっしょに暮らされへんからなぁ」

周は嬉《うれ》しそうな顔をした。

「……うん」

円は素直にうなずいた。

漢字二文字の、寿《ことぶき》で不吉《ふきつ》な単語が頭に浮かぶ。いつか必ずやってくる、現実の名前。今度っていうのがいつなのか知らないけれど、心の準備をしておこう。

なんて、まるでいい子みたいに思っていたのに……。

じっさいは、心の準備なんてものの仕方を知らなかった。そんなもの、言葉で知っていただけだった。

「行かないったら行かないっ」

数日後の日曜日、円は周の三度目の誘いに思いっきり首を振っていた。

昼前にかかってきた電話を受けて、周は大阪に行くと言いだした。大学時代の仲間が集まることになったから、いっしょに行こうと言う。例の、円に〝会ってもらいたいやつ〟がいるからと……。

「高速飛《こうそく》ばしたらすぐやん。ぱっと行って、顔見せて、晩メシ食って帰ってくるだけや」

周はジャケットを着て、すっかり出かける態勢になっている。

「そんなの、疲れるから嫌だ」

円はエプロンをして、堀江《ほりえ》が掃除《そうじ》したばかりの玄関の床を磨《みが》いている。そばに立っている周を無視するように床をにらみつけ、同じ場所をゴシゴシと雑巾《ぞうきん》で擦《こす》っている。

「友達もみんな、エンちゃんの顔見たい言うてんねんよ」

「僕は見たくな…っ…」

言いかけて、円はコンコンと咳をした。

「風邪ひいたんか？」

周が心配そうに顔をのぞき込み、円は首を横に振った。

「わかった。体調悪いんやったら、無理じいはやめとこ。お土産《みやげ》なにがええ？」

「大阪のものなんていらないっ」

円の言葉に、周の瞳がふっと曇《くも》る。

「……そやな。エンちゃん大阪嫌いやからな」

円は下唇を噛《か》み、手の中の雑巾をぎゅっと握《にぎ》った。

ガキの憎まれ口なんて、いつもの調子でつっこんでくればいいじゃん。そしたら、たまにはボケてあげるのに……。なんでそんな顔するんだよ。

「ほな、行ってくるわ」

周は、気を取り直したように笑顔になる。が、やっぱりがっかりしているのがわかった。

円はむっつりと黙り込んだまま、周が玄関の戸を開け、そして閉めるのを見ていた。行ってらっしゃいも言わなかった。

ガレージからエンジンをかける音が聞こえる。頭の中では、今なら間に合うと声がする。

円は頭を激しく振った。

が、車が動きだす音に、弾《はじ》かれたように戸を開けた。外へ飛び出し、裸足《はだし》のまま門から私道へ走り出る。

車はウインカーをチカチカさせて、十メートルほど先の十字路を右折しようとしていた。

「とっとと行きやがれっっ」

円が叫ぶと、車は曲がり角へ姿を消した。

ふっと短く息をついて、円は家に戻ろうとした。と、ぽつんと顔に当たるものがあった。空を仰《あお》ぐと、灰色の雲から雨が落ちてくるのが見えた。

「周……」

円は大きく目を開くと、憑《つ》かれたように駆けだした。

角を右に曲がると、濃紺《のうこん》のGTOがスピードを上げて走っていくのが見えた。

「周っ、待ってっっ」

届くはずのない声をはりあげ、円は車を追いかけた。走って走って走って、私道が街道《かいどう》と交差するところで、信号待ちしているのを見つけた。けれど、すぐに信号が変わり、周の車は街道の流れに吸い込まれていった。

細かく降っていた雨は大粒になっていた。

「周の馬鹿……」

円は肩で息をつきながら、雨に滲《にじ》んでいる信号機の赤を見つめていた。

「エンちゃーんっ。エンちゃんおるー？」

家に戻ると、開《あ》けっ放《ぱな》しだった玄関から大声で自分を呼ぶ声がする。

声のする仕事部屋へ飛んでいくと、律《りつ》が切羽詰《せっぱつ》まった顔で円に手を合わせた。

「休みの日にごめんっ。メシスタントの手も借りたいくらい、もうあかんねん。昼メシ、なんでもええから簡単に食べれるもん頼むわ」

「まかせて」

円は大きくうなずいた。

「どしたん？　びしょ濡《ぬ》れやん」

「わ……これが修羅場《しゅらば》っていうやつ？」

円は律の問いには答えずに、仕事部屋の中を見た。畳《たたみ》の和室にオフィスのように並べた机では、棚橋《たなはし》と添田《そえだ》がガリガリと音をたててペンを走らせ、メシスタントの堀江もタオルでハチマキをして、必死の形相《ぎょうそう》でスクリーントーンを貼《は》っている。

「すぐに着替えて作ってくるから、がんばってね」

円は、小さなガッツポーズを見せた。

「エンちゃんはやさしいなぁ。こんなときに周のやつ、ほいほい女に会いに行くなんぞ、ほんま薄情《はくじょう》なやっちゃ」

「女って例の？」

棚橋の言葉に、添田がぎゃははと笑った。

「どういう女なんですか？」と堀江が訊くと、「本人は美人や言うてるけど、あいつ女の趣味おかしいから」と、律も面白《おもしろ》そうに話に加わる。

「夏目《なつめ》先生っ、おしゃべりしてないで早く描いちゃってくださいっ」

円に怒鳴《どな》られた律とアシスタントたちは、はいっと言って背筋を伸ばし、円は音をたてて襖《ふすま》を閉めた。

律はデフォルメした美少女ばっかし描いてるから感覚がおかしいんやと、周が言っていたことを思い出す。

周の好きな〝夏目まどか〟は美人で、写真の彼女も美人で……。

もう、どっちでもいいっ。

早足で部屋へ急ぎながら、円は濡れた髪を振り回した。

美人でもそうでなくても、周に彼女がいることには変わりはない。

「エンちゃん、あと少しで終わるし、無理せんでええよ」

原稿に消しゴムをかけている円がさっきから咳をしているので、律は心配そうに声をかけた。

「先生、エンちゃんにはやさしーですねぇ。俺らやったら、原稿に唾飛《つば》ばすな言うてGペン飛んでくるのに」

棚橋が、ペン軸《じく》で頭を掻《か》きながら苦笑《くしょう》する。

「アホ、エンちゃんは善意《ぜんい》のボランティアやねんぞ。おまえらには金払ってんねん。口動かしてんと、手ぇ動かさんかいっ」

アシスタントたちはふぁーいと眠そうな声で答え、律も眠気《ねむけ》を追い払うように頭を振った。

「コーヒーいれてくる」

また咳が出そうになり、円はあわてて部屋を出ていった。

口を押さえて台所へ駆け込むと、床にしゃがんでつづけざまに咳をした。

肩で息をつきながら、円は顔を上げて壁の時計を見る。律の原稿はもう大丈夫だろう。でも、周が帰ってこない。

夜中の二時をまわっていた。

原稿を仕上げることに必死な律は、渋滞《じゅうたい》してるんやろうと気にもしていなかった。事故やったら警察から電話あるやん、と円には冗談にならない冗談を言ってから、はっとした顔になり、正直にごめんと謝った。

円は肩をすくめて笑ったが、内心は泣きたいくらいうろたえていた。

雨が屋根や庭木を叩《たた》きつける音がする。

窓から庭を見ると、花水木《はなみずき》の花びらが地面にいくつも落ちていた。

早く帰ってきて……。

戦争に行ったわけでもないのに、円は祈《いの》るような気持ちで周の帰りを待っていた。

母との最後のやりとりが、胸に刺《さ》さったまま痛みつづけている。あのとき素直に……。思いかけて、打ち消すように首を振る。

でも、周が最後に見せた残念そうな顔が頭から消えない。

母さんみたいに、行ったきりになったらどうしよう……。

そう思ったら我慢《がまん》できなくなった。

いつも周が電話をしている番号は、短縮ダイヤルの①に入っている。何時に帰ったのか訊いてみよう。そう思って手を止める。

電話の向こうに出てくるのは、周の……。

「……!」

ガラガラと、玄関の戸が開く音がした。

円は玄関に飛んでいった。

車庫から玄関までのあいだに降られた前髪のしずくを指で払いながら、周は靴を脱いでいた。

「参《まい》ったぁ。えらい渋滞……あれ、まだ起きとったん? 子供は早《は》よ寝なあかんよ」

能天気《のうてんき》な笑顔を見たら、限界にきていた不安が一瞬にべつの感情にすり替わった。

「遅くなるなら電話くらいしてよっっ」

いきなり怒鳴られ、周はへっと間の抜けた声を出したが、すぐに嬉しそうに目尻《めじり》を下げて笑った。

「なんや、奥さんみたいなこと言うんやな。もしかして、心配してくれとったん？」

「馬鹿っっ」

気がついたときには、周の左頬を思いっきりひっぱたいていた。

周は一瞬呆気《あっけ》にとられ、すぐに苦い笑みを浮かべた。

「ごめんな。S A《サービスエリア》の電話混《こ》んどって……携帯持ってへんし、並ぶんも嫌いやし……。これで許して。なっ？」

手渡された紙袋を腕に抱き、円は肩で息をしながら周を見ていたが、ふいにかくんと膝《ひざ》をついた。

「エンちゃん!?」

「心配なんてしてない。周のことなんて……忘れてた……」

大きな瞳から、涙がぱたぱたと床に落ちる。

「どないしたん!?」

周も床に膝をつき、円の顔をのぞき込む。

「心配なんて、ぜんぜんしてな…っ…」

円は身体を折り曲げて、激しく咳き込《こ》んだ。

円の頬に手を当て、周は険《けわ》しく眉を寄せる。

「こんなとこおったらあかん……えらい熱や」

「さわんないでっ。周なんて大嫌いっっ」

紙袋を周に投げつけると、円は部屋へ走っていった。

ドアの鍵を掛け、服のままベッドにうつぶせ、わあっと声をあげて泣いた。

自分の力ではもう止められなかった。ずっと溜め込んできた痛みが一気に噴《ふ》き出《だ》してくる。

「エンちゃんっっ」

ドアを叩いて、周が開けろと言っているのが聞こえる。騒ぎを聞きつけて、律たちがやってきたのもわかった。自分のしていることが、どれほどみんなに迷惑をかける子供じみた行為かわかっているのに、どうしようもなかった。

馬鹿で、めちゃくちゃで、死にたかった。

どんどん熱が上がってくる。きっと罰だ。痛みといっしょに、咳が胸の奥からあとからあとから湧《わ》き出《だ》してくる。苦しくて情けなくて、涙が止まらない。

周……。

元気で帰ってきてくれるだけでよかったのに、顔を見たとたんすがりつきたくなった。胸に飛び込んで大声で泣きたくなった。抑《おさ》えようとしたら、めちゃくちゃになった。おとなしく調《ちょう》教《きょう》されていた怪獣《かいじゅう》が暴《あば》れだしたみたいに、心がコントロール不能になった。

この家に来るときに、ひとつだけ頼んだこと。部屋に鍵をつけてくれたのはお父さん。いらん思うまでつけといてええよ。そう言ってくれた。

ごめんなさい……。

僕は、あなたの息子になれそうもない。


どのくらい時間が経《た》ったんだろう。

自分の息が熱くて目が覚めた。と思ったけれど、まだ夢の中かもしれない。真《ま》っ暗《くら》で、静かで、苦しい。

助けを求めるように手を伸ばしたら、闇の中から誰かの手が現れた。

「母さん……?」

声をかけると、手のひらが頬にふれた。

よかった……迎《むか》えに来てくれたんだ。ずっと謝《あやま》りたかったんだ。

ごめんね……。

目尻から熱い水が流れると、温かい指先がやさしく拭《ぬぐ》ってくれた。

母さん、もうひとつ……ごめんなさい。

僕は……僕はね、もうずっと前から周が好きなんだ。母さんに紹介される前から周が好きで、ほんとに大好きで……。忘れようって思ったけど、自分じゃどうしても止められなくて……。だから、いっしょに連れてって……。


雨が上がって、やわらかな春の光がシーツの上にこぼれている。

服を着たままベッドにうつぶせていたのに、ちゃんとパジャマを着て布団《ふとん》の中にいる。

顔を横に向けて視線を巡《めぐ》らせると、ジャージ姿の律と目が合った。

律はベッドの脇《わき》に来てひざまずくと、円の額《ひたい》に手のひらをのせた。

「かんにんな。あんな熱あって、しんどかったやろ？」

円は小さく首を横に振った。

「周にめっちゃ怒られてしもた。なんぼ修羅場いうても、弟が熱出しとるの気づいてやれへんて、アホちゃうかて。ほんまエンちゃんが怒るのも無理ないわ」

昨夜《ゆうべ》の自分の態度をそんなふうにとられては困る。怒ってなんかないと言いかけて、円はあっと声をあげた。

「部屋の鍵……」

円がドアのほうに視線をやると、律はもったいつけるようにくすっと笑った。

「堀江のやつ、どんな鍵でも針金《はりがね》一本で開けよるんよ。さすが元泥棒だけあるて、みんなで感心してしもた」

元泥棒じゃなくて元板前なのに、みんなすぐにそう言う。シリアスなことも簡単に笑いにしてしまうのは、大阪人の気質《きしつ》なのか夏目家のやり方なのかわからない。でも、思わず円も笑ってしまった。

円の笑顔に、律もほっと頬をゆるめる。

「いっつも親父《おやじ》が言うてるとおりや。いらん人間は絶対に来《け》えへんて……な」

円は曖昧《あいまい》な笑みを浮かべてうなずいた。が、突然、弾かれたように半身を起こした。

それじゃ、昨夜、母さんだと思って話しかけたのは夢じゃなくて……まさか……。

急に青ざめた円に、律はあわてて顔をのぞき込む。

「気分悪いん？」

「律さん……僕、なにか寝言、言ってた？」

円の問いに、律は困ったように苦笑した。

やっぱり……。円は布団の端《はし》をつかんでうつむいた。

「いや……ほんま重ね重ね申しわけない。ほんまは俺がついてなあかんのに、どうしても自分がそばにおる言うて……朝まで看病しとったんは周や。たぶん今頃、教室で居眠《いねむ》っとるやろ」

「……！」

円は顔を上げ、大きく目を瞠《みは》った。

「昨夜、寝巻《ねまき》に着替えさすとき、エンちゃんうわ言でお母ちゃんのこと呼んどったから……ほっとかれへんかったんやろな」

周に聞かれた？　周に知られた!?

テスト用紙に書こうとした瞬間、覚えてきた単語がどこかへ消えてしまったときみたいに、頭の中が真っ白になる。

「そんな驚いた顔せんといたって。いっつもエンちゃんのことからかって喜んどるけど……あれでも心配してるんや」

なにも知らない律は、円の表情の意味を誤解したまま話をつづける。

「あいつ、絶対にエンちゃんの前では煙草《たばこ》吸わへんやろ？　エンちゃん気管支《きかんし》が弱いて、お母ちゃんに聞いとったから」

「え…？」

円は律の顔を見た。

「エンちゃんいうあだ名やって、周が考えたんや。まどかってええ名前やけど、お母ちゃんが呼んではったから、おんなし呼び方したら泣くんちゃうかって……」

胸がきゅんと音をたてそうになった。

「おふくろ亡《な》くしたとき、あいつが一番参っとったから……」

生まれてくるはずやった弟もあかんかったし……と、律は低い声でつけ足した。

律と周の母親は身体を壊《こわ》し、妊娠《にんしん》していた子供をあきらめるように医者に言われていたのだという。

「あいつ勝手に弟やって決めとって、自分の怪獣の人形全部やるから産《う》んでくれって頼んで……おふくろも、せっかく授《さず》かった命やしがんばる言うて……けど……」

円はぎゅっとパジャマの胸をつかんだ。

「周は自分のせいやって泣いて、そうやない言うても聞かへんかった。部屋じゅうに置いとった怪獣の人形、ダンボールに詰《つ》めて物置に突っ込んでしもて……中学んなる頃にはあんまり口きかへんようになってて……。今から想像でけへんやろ？」

律は冗談めかして笑ったが、円は笑えなかった。

「周が留学したいて言いだしたとき、ひとりにしてやるんが一番ええ思《おも》て、俺も親父も黙って賛成したんや。三年経って、背丈《せたけ》と態度はでかなって、英語もうまなって帰ってきたけど……よかったんかどうかわからへんかった」

律はふっと笑った。

「けど、エンちゃんのこと守ってやろうとしてるあいつ見て、もう大丈夫やなって思た。エンちゃんが来てくれたおかげで、親父も俺もやっと安心できた」

「そんな……」

円は首を横に振った。

「せやから……エンちゃんかて、お母ちゃん亡くしたばっかりでつらい思うけど、ひとりで閉じこもったりせんと、もっとあいつに甘えてやってほしいんや」

もちろん俺にもな、と言って、律は円の頭を撫でてくれた。

円はうなずきながら、唇を噛んだ。

自分は贅沢病《ぜいたくびょう》だ。

こんなに大切にしてもらってる。必要だって言ってもらってる。なのに、それが弟としてなのがつらいなんて……。


『鍵開け名人がおるから、鍵あってもしゃあないやろ』

そう言って、律は円の部屋の鍵をはずしてしまった。

学校から帰ってきた周は、どかどかと部屋に入ってくると、ベッドに坐《すわ》って円の額に手を当てた。

「熱下がったんか。よかったなぁ」

昨日《きのう》、馬鹿だの嫌いだの、あんなに言ってやったのに、よかったよかったと笑っている。

子供じみたこと過ぎて相手にされていないのか、これが大人というものなのか……。

秘密を聞かれたかどうかも、わからない。

知らん顔してくれているのか、本当に知らないのか、周の表情は読めなかった。

どっちにしても、自分がどうすればいいかの答えはひとつだった。

留学するまで、弟として周に甘えること。

苦しくても、それが周の喜ぶことなら……。慣れてないから、うまくやれるかわからないけれど……。さよならをする前に、自分が周のためにできることはこれしかない。

親のサインがいる書類や推薦状《すいせんじょう》などは、中学のとき相談にのってくれていた英語の教師に頼んでしまった。資金は、母が残してくれた貯金から使わせてもらう。

三月に願書を送っていたボストンの高校に書類審査でパスし、このあいだ東京での面接をこっそり受けた。たぶん、受かると思う。合格通知が来たら、六月には渡米《とべい》する。

家出みたいなのが、後ろめたいけど……。

円は、ベッドに坐っている周のスーツの裾《すそ》を引っぱった。

「あとで、今日の授業の英語見てくれる？」

周が嬉しそうにうなずくのを見て、円の胸はちくりと痛んだ。

素直な弟を演《えん》じている自分は、世界で一番素直じゃない。

部屋の鍵ははずれたけれど、円の胸の鍵だけが掛かったままになっていた。

5

二日後の朝、バスケの練習があると言って周《しゅう》が早く家を出てしまったので、円《まどか》は板前弁当《いたまえべんとう》を届けるために始業前に職員室へ寄った。

そこで、散らかった机の上にトカゲの写真が置いてあるのを見つけた。よく見えるようになのか、並べた教科書の真ん中に立て掛けてある。

ほんとに好きなんだなぁ……。

苦笑しながら、届け物を置いて帰ろうとしたとき、パタンと写真が倒れてきた。

写真はハガキになっていて、差出人《さしだしにん》は篠田圭子《しのだけいこ》となっていた。

住所は大阪。例の電話のケイコという女性だと思う。なぜか宛《あ》て先《さき》が学校になっている。

いけないことだとわかっていて、その下に書かれた短い文面に目が行ってしまう。

ほらほら、元気だよー。

弟さんのトカゲ嫌《ぎら》い治らないの困ったね。

アオコも、周ちゃんのところへ帰りたがっているみたいです。

それはそれとして、可愛《かわい》いエンちゃんを早く紹介してください。

周ちゃんにもすごく会いたいです。

ってことで、また電話します。圭子

「エーンちゃんっ」

ふいに声をかけられて、円はびくっと飛び上がった。

「なに驚いてんの？」

ネクタイを結びながら、周が早足で近づいてくる。シャワーを浴《あ》びたのか前髪が濡《ぬ》れている。

「これ、お弁当。堀《ほり》ちゃんから預かってきた」

円は後ろ手にハガキを机に戻すと、弁当の包みを周に押しつけた。

「ありがとう」

周の笑顔に、円は黙ってうつむいた。

「どうかしたん？」

周が顔をのぞき込むと、首筋から石鹸《せっけん》の匂いがした。円は首を横に振った。

「こっちこそ……ありがと」

顔を上げて微笑《ほほえ》むと、不思議《ふしぎ》そうな顔をしている周の脇をすり抜け、円は職員室を出ていった。

もうひとつ見つけた。

自分のことばかり考えていた自分が、周のためにできること。

そう、最後にどうしてもやらなきゃいけないこと。


新幹線の新大阪駅で降りると、約束どおり圭子は車で迎《むか》えに来てくれていた。

定期入れの写真の人ではなかったけれど、やっぱり髪の長い美人だった。

「創立記念日やのに、制服着てはるんやね」

圭子は、円を見てけらけらと笑った。

自分で嘘の種明かしをしてしまい、円は頬を赤くした。

「お昼用意してるし、食べてってね」

気さくな言葉とやわらかな笑顔が、シャープな美人顔をやさしく見せていた。

いきなり電話をかけたときも、緊張している円に、まるで隣《となり》のお姉さんみたいなノリで話してくれた。

短縮番号①は、やはりハガキの篠田圭子の家のもので、プッシュするとすぐに圭子が出てきた。円が周に内緒《ないしょ》でトカゲを引き取りに行きたいと言うと、周ちゃん泣いて喜ぶわと自分のことのように喜んでいた。

彼女というより、奥さんみたいな人だ。

この人がいずれ……そう思いかけてやめた。わざわざ思わなくても、なるものはなってしまうんだから……。


「うわ……」

マンションの部屋に通された円は、思わず圭子の背中に張りついた。

キッチンにもリビングにも、熱帯風の観葉植物《かんようしょくぶつ》といっしょに、あちこちに爬虫類《はちゅうるい》を飼うための水槽《すいそう》が置いてある。

砂の上に、流木《りゅうぼく》や岩が自然な感じにレイアウトされているが、よく見ると、どれもトカゲの色や大きさに合わせてデザインされているようだった。

悔《くや》しいけれど、やっぱり周の彼女だ。

「この子がアオコやよ」

円は、圭子の後ろからそうっと水槽の中をのぞき込む。

職員室の机の写真と同じトカゲだった。

尾《お》を含《ふく》めると体長は一メートル近くあり、蛇《へび》の鱗《うろこ》のような青く濡《ぬ》れた皮膚《ひふ》をしている。アースブルー・ドラゴンという種類で、アオコという名前はこの色からつけたものらしい。大きく裂《さ》けた口の中は真っ赤で、身体《からだ》の二倍以上ある長い尾がついている。爬虫類はやっぱり好きじゃない。

でも、周が大切にしていたんだと思うと、透明な水晶玉みたいな目が可愛《かわい》く見えてきた。

新大阪駅まで車で送られてくると、空が真っ暗になっていた。夜になったのではなく、大きな雨雲がやってきたからだった。

「ほんまに大丈夫？　周ちゃんに迎えに来てもらったら？」

圭子はキャリーケースのそばに立っている円が微《かす》かに震《ふる》えているのを見て、心配そうな顔をし、それから、なぜかくすっと笑った。

「だ、大丈夫。まかせて。いろいろありがとうございました。し、周のことよろしくお願いしますっ」

円が頭を下げると、はいこちらこそ、と圭子も頭を下げた。

いい人でよかった。この人がお義姉《ねえ》さんになるんならいい。去っていく赤いアルトに手を振りながら、円はそう思った。

でも、ちょっと嘘《うそ》だった。

ほんとはすごく……。

ふうっとため息をつくと、アオコとふたりきりで駅の駐車場に取り残されたことが急に心細くなってきた。

「帰らなきゃ……ね」

円は中にいるアオコに声をかけながら、地面に置いていたキャリーケースを持ち上げた。と、その瞬間、ケースの中でガサガサという音といっしょに、重たい生き物が動く感触がリアルに手に伝わってきて、円はその場で飛び上がった。

「あっ……」

ガコンと音をたててケースが地面に落ち、その拍子《ひょうし》に扉の鍵がはずれてアオコが外に飛び出してきた。

「やだっ……だめっ。出ちゃだめだよっ」

円の言葉など聞いてくれるはずもなく、アオコは停《と》めてあった車の下にするりともぐり込んでしまった。

どうしよう……。

捕《つか》まえようにも、アオコを素手《すで》でさわることはできない。駅の人に助けを求めたいけれど、そんなことをしているあいだにどこかに行ってしまう。車にでも轢《ひ》かれたら……。

「周……助けて……」

円は両手で顔を覆《おお》い、空になったケースの横にしゃがみ込んだ。

「おまたせー」

「……!?」

聞き覚えのある声に、まさかと思って顔を上げると、まさかの周が立っていた。

「泣かんでもええよ。正義の味方が来たから、もう大丈夫や」

右腕にはアオコを抱《かか》え、左腕を腰に当てて、夏目《なつめ》先生のスーツ姿で、愛車のGTOを従《したが》えて立っている。

円は手の甲《こう》で目をぐいっと擦《こす》ると、立ち上がって周をにらんだ。

「学校どうしたんだよっ」

「エンちゃんかてサボリやんか」

周は、ケースの中にアオコを戻しながらくすっと笑った。

「俺の彼女、連れに来てくれたんやて?」

「彼女じゃなくて、トカゲのほうだよっ」

「トカゲのアオコは俺の彼女や」

「やめてよっ。ちゃんと、圭子さんだって知ってるんだからっ」

「圭子は外大の爬虫類研《はちゅうるいけん》の部長で、俺の親友の奥さんや。結婚指輪してたやろ?」

「……」

円は、口を半開きにしたまま止まった。

奥さん？　指輪？　リプレイしようとしても、頭の中にはトカゲしか浮かんでこない。

「美人やし、トカゲ博士《はかせ》やし……。けど、ちょっと俺の趣味とはちゃうねんなぁ」

たしかに、同じ髪の長い美人でも、圭子には写真の人のような楚々《そそ》とした雰囲気はない。

「じゃあ、やっぱり……定期入れの写真の人が今つきあってる人？」

「今はつきあってへん。死んでしもたから」

えっ、と声をあげた円に、周が怪訝《けげん》な表情をする。

「なに驚いてんの。俺の母ちゃん死んでるん、エンちゃんかて知ってるやんか」

「お…お母さん？」

「まぁな、仏壇《ぶつだん》の写真とは別人やから……。俺産《う》んでデブデブになってしもたけど、若いときはすらっとした美人で……あれ、なんで定期入れに写真入れてんの知ってるん？」

「知らないよっ」

円は、へたっとその場にしゃがみ込んだ。

理由なんて言えない。

ひと目惚《ぼ》れしたこと。ずっと見てたこと。勝手に失恋したこと……。周の定期入れには、円の秘密が鎖《くさり》みたいにぞろぞろとつながっている。

お母さんだったなんて……。

でも、失恋じゃなくなったわけじゃない。

周はAV女優の〝夏目まどか〟が好きで、女の子にモテるのが大好きで……。

「雨降ってきそうや。帰ろ」

周は空を仰《あお》ぎ、円は地面をにらんだ。

「トカゲと帰ってよ。いっしょに車乗るのやだから、新幹線で帰る」

「濡れたら、また熱出るよ」

甘い、やさしい声に胸が波立つ。

「帰ろ」

「新幹線で帰るんだってばっ」

しゃがみ込んだまま、差し出された手を乱暴に払う。

馬鹿《ばか》……。

弟になるって決めたくせに……。周のためなんて言って、大阪まで来たくせに……。

こんなめちゃくちゃな弟、周もきっと呆《あき》れてる。

背中で、車のドアが閉まる音がした。

エンジンの音に振り返ると、濃紺《のうこん》のGTOがゆっくりと動きだすのが見えた。

「周……」

立ち上がった円の顔に、ぽつんと水の粒が落ちてきた。

つぎの瞬間、霧《きり》のベールのような雨が身体を包み込んでいた。

霧雨《きりさめ》の中を走りだした周の車に、マンションの五階から最後に見た母の青いシトロエンが重なって見える。

「周っっ」

円は悲鳴のような声をあげて、駆けだした。雨を顔に受けながら、周の車を追いかける。

周、行かないでっ。

円の心の中の声が聞こえたように、車は静かに止まった。

ドアが開いて、正義の味方が降りてくるのが見えた。円は真《ま》っ直《す》ぐに走っていった。

気がついたときには、親に再会できた迷子《まいご》みたいに、ただもう周にしがみついて泣いていた。

甘え方がわからなかった。今だってわからない。なのに、ちゃんと周の腕の中にいる。

「好き……」

言ってから、円はごめんとつけ足した。

「なんで、好きにごめんがつくん?」

「周の好きと、僕の好きは違う……」

「そうやな。けど、俺は今さら直されへん」

「……わかってる」

「せやから、エンちゃんが大阪弁で好きやねんって言うたらええんちゃう?」

円はゆっくりと顔を上げ、周を見て苦笑した。この人はなにもわかっていない。だったらもう、馬鹿な弟になってしまおう。

「やだ……大阪弁、嫌い」

円は周の胸に顔を押しつけた。

「俺は好きや……いっちゃん好きや」

「知ってるよっ」

「……エンちゃんが」

「え…？」

「好きや……」

耳元で囁《ささや》くと、周はぎゅっと円を抱きしめてきた。

「どうして……僕、女の子じゃない……」

「俺、気ぃ弱い言うたやろ。ほんまのことは簡単には言われへん。怪獣《かいじゅう》はメスよりオスのほうが好きやなんて」

「……！」

マジな声だったから本気にしたのに、またからかってる。円は両手をつっぱって、周の胸を押し返した。が、腕をつかまれる。

「イヴの夜、お母ちゃんに連れられてきたエンちゃん見てびっくりした。駅でよう見かけてた

怪獣やったから」

「もういいっ」

周の手をほどいて逃げようとしたが、駅でという言葉に円は足を止めた。

「おっきなきれいな目と、ちっちゃいキバが可愛いて……いっつも気づかれへんように見とった」

腕を引かれ、広い胸に抱きとめられる。

「あんなんがそばにおったら、最高やろなって……」

激しく降りだした雨に濡れながら、身体じゅうが周の熱で溶《と》けそうになる。

「エンちゃんのお母ちゃんのおかげで半分夢が叶《かの》たから……弟でもええかなって、ずっと我慢しとった……」

周の腕の中で、雨に結びついていた痛みが静かにほどけてゆくのがわかった。

耳元で「もうええよね？」と周が訊《き》く。

答える代わりに、円は瞼《まぶた》を閉じた。

今夜は自分が晩ごはんを作ろう。周の好きな肉じゃがを作って、それから、物置から怪獣の人形を出してきて周の部屋に並べよう。

それから……。

濡れた頬《ほお》から唇に甘い吐息が降りてきて、円はそっと周の背中に腕をまわした。

6

〝来るものは拒《こば》まず〟という夏目家《なつめけ》の家訓《かくん》を自分も守るべきか否《いな》か……。

すっかり忘れていた頃、ボストンの高校から合格通知が届いてしまった。

夕食のテーブルで家族とアシスタントたちに見せると、みんながおめでとうと口を揃《そろ》えて言い、せっかくやから行っておいでと、思いっきりお気楽に賛成しまくってくれた。

止めてもらいたくて見せた円《まどか》は、どうしていいかわからなくなった。

ただひとり、周《しゅう》だけが反対してくれたが、それが円の気持ちをこじらせてしまった。

家族の前ではなにも言わずうなずいていたくせに、部屋でふたりきりになると突然、『んな甘いもんちゃうよ。エンちゃんみたいな泣きみそにはようつとまらん』とか、『寮《りょう》はプライバシーゼロやから、部屋に鍵つけとったような神経質なやつには住まれへん』とか、『熱出しても出てくるんはハンバーガーやぞ』とか、『英語でケンカふっかけられたとき、俺みたいに大阪弁でまくしたてて黙らせることでけへんやろ』とか……。ケンカを売ってるのかと思うくらい、周は円を見くびったようなことを並べたてた。

「自分は行ったくせに、どうしてできないって決めつけるんだよっ」

周の言っていることは全部本当で、自分の動機の甘さも知っている。

でも、こうなると逆に、なにがなんでも行ってやろうじゃんという気になってくる。

「ちゃんと卒業して、僕にもできるってこと証明してやるっ」

ベッドの上でわめくと、周は円の前に坐《すわ》って真《ま》っ直《す》ぐに目を見た。

「この際やから、はっきり言うといたる」

「なんだよっ」

円もムキになってにらみ返す。

「行ってほしないんや……」

「え…？」

「やっと手に入れたのに、三年もよう離れて暮らされへん」

ふいに抱きしめられ、円の手から封筒がぱさりと落ちた。

「家庭内留学し。俺が手取り足取り教えたる」

周は耳に口を寄せてくる。

「外国語はベッドの中で習うんが一番ええって、知ってる？」

「それは、恋人がネイティブな場合だろっ」

円は真っ赤になって周の胸を押し返した。

「俺はバイリンガルや。こんなんほかし」

合格通知を床に放り投げる周に、円は大きな目をきょとんとさせた。

「〝ほかし〟ってなに？」

周は、あーと言って額《ひたい》を押さえた。

「英語より、エンちゃんはまず大阪弁マスターせなあかんわ……」

「なんでだよっ。東京なんだから、周が標準語覚えなよっ」

円の抗議を無視して、周は授業を始める。

「レッスンワンは、いっちゃん大事な言葉や」

しっかりリピートしろと言ったくせに、耳元でその言葉を囁《ささや》くと、周は円の唇をふさいでしまった。

しょうがないので、胸の中でリピートする。

好きやねん……って。

秘密の恋の育て方
himitsu no koi no sodatekata

1

女子アナのお姉さんに『青山《あおやま》さーん』と呼ばれ、気象予報士《きしょうよほうし》のお兄さんが画面に現れるまでの数秒間、円《まどか》はテレビの前で小さく深呼吸をする。

『はじめに全国の明日の天気です』

簡単な挨拶《あいさつ》のあと、青山さんが天気予報を始めたので、円はペンを持つ指に力を入れる。

『北海道《ほっかいどう》から北陸《ほくりく》にかけては晴れ…』

誰もが聞き慣れている言葉だが、情報の羅列《られつ》なので、すべてを聞こうとすると大変な集中力がいる。

「あれ……エンちゃん、英語やなくて今度は天気の勉強始めたん？」

タオルで髪を拭きながら台所に入ってきた律《りつ》が、テーブルの上の下ごしらえをしただけのにんじんを口に放り込みながら、料理をしている堀江《ほりえ》に声をかけた。

「通訳の練習らしいですけど……」

大きな身体にピンクのエプロンをした堀江が、包丁で大根をするするとかつら剝《む》きにしながら首を傾《かし》げる。

円は学校から帰ると、夕食までの時間はここで勉強をすることにしている。律がメシスタント兼ハウスキーパーの堀江を雇ってくれたので、家事に取られていた時間が戻ってきた。みんなに部活を始めればと言われたが、将来の進路がはっきりしている円には、必要な勉強のための時間はいくらあっても足りないし、堀江が漫画のアシストで忙しいときには家事を手伝うことにしているので帰宅部のままにした。

と表向きはそういうことになっているが、本当の理由はほかにある。

円は夕方をこんなふうに過ごすのが気に入っているのだ。

キッチンのテーブルで宿題や勉強をしていると、誰かが夕飯の支度《したく》をする音や匂いがしてくる。小学生の頃、遊びに行った友人の家で見るたび、いいなぁと思っていた。でも、その時間になると円は誰もいない家に帰らなくてはならず、自分には体験できない平凡な風景に憧《あこが》れを抱《いだ》くようになっていた。

夕方というのは円にとっては特別な時間帯で、その時間の台所は特別な場所だった。

だから、放課後まではクラスメイトたちといっしょに高校生するけれど、放課後は台所で宿題をしたり手伝いをしたり、家族するのが円のクラブ活動になっていて、帰宅部というのはまさにぴったりのネーミングだった。

ふつうはわざわざ家族を味わうために家に帰る人はいない。でも、長いあいだ憧れていた円には、それは新鮮で贅沢《ぜいたく》な喜びだった。抱いていたイメージと違って、料理をしているのがお母さんではなくごつい元板前《いたまえ》であっても、なんの問題もなかった。

『……暑くなりますが、みなさまお元気でお過ごしください。それではまた明日』

お天気お兄さんが笑顔で手を振り、ニュース番組のエンディング曲が流れだすと、張り詰めていた集中力がぷっつりと切れる。

「やっぱだめだぁ……。速記《そっき》でもやんなきゃ……解読不能」

円は両手を伸ばして、テーブルにぱたりと突っ伏した。

「終わった？　真剣な顔でなにやってんの」

律が頃合いを見計《みはか》らって声をかけてくれる。

こんなふうに話しかけてくれる人がいるのも、単純に嬉《うれ》しい。

「普通は天気予報とかって、全部見てても、自分の住んでるところとか出先のことしか聞いてないでしょ？」

「そう言われたらそうやな」

律がノートをのぞき込んできたら、ほわっと石鹸《せっけん》の匂いがした。

「……で、頭に残る言葉って晴れとか雨とかだけで……でも、通訳するときは全部の情報落とせないでしょ？　だから、聞きながら簡単なメモ取って、それ見ながら人がしゃべった内容をきっちり訳すんだけど……その練習」

「ようわかりました」

円のまじめな説明に律も真剣な顔でうなずき、それからくすっと笑った。

「夜、部屋でぶつぶつ数字しゃべってんのも？」

「あれは、ランダムに英語の数字が入ってるテープ聞いて、日本語に通訳して言う練習。ヘッドフォンしてやってるから……。不気味《ぶきみ》だった？」

「それ聞いて安心した」

今朝、担当編集者が原稿の入った封筒を手にあたふたと出ていったあと、夕方まで爆睡していた律は、ひと風呂浴びてさっぱりした顔をしている。原稿を渡したあとの律は、相変わらずのジャージ姿だけれど、ぼさぼさ頭の夏目《なつめ》リツ先生から爽《さわ》やかなお兄さんに戻る。

「けどこれ……勉強いうよりトレーニングやんか。大変そやなぁ……」

「律さんの仕事のほうがよっぽど……り、律さん？」

円は思わず上体を引く。律が円の首筋に鼻を近づけ、匂いを嗅《か》いでいる。

「エンちゃん、コロンとか香りのするもんつけてる？」

「そんなのつけないよ。学校から帰ったらシャワー浴びるから……石鹼の匂いでしょ」

「いや、そんなんちゃう。前から思っとったんや」

「やっぱしそうですよね!? エンちゃんってええ匂いしますよね!?」

包丁を手にしたまま、堀江が興奮ぎみに円に近づいてくる。

「やっ……堀ちゃんこわーい」

円が律の腕にしがみつくと、堀江は「すんません」と照れ笑いをして包丁を戻しに行き、律は張りついている円にさらに鼻を近づける。

「律さんもやめて……わっ、な、なに…っ…⁉」

いつの間にか、棚橋《たなはし》と添田《そえだ》が床にひざまずき、両側からくんくんと円を嗅いでいる。

「やめてよー。みんなと同じ石鹸とシャンプーしか使ってないってばぁ……」

「ほな、なんやろ?」

「そういえば、赤ちゃんてこんな匂いしません?」

添田のゲジゲジ眉毛が、アイディアを思いついたときのようにひょいと持ち上がる。

円がじろりとにらむと、添田は笑いながら眉を下げた。

「乳臭《ちちくさ》いんとちゃうよ。ベビーパウダーみたいな匂いやなって」

「癒《いや》し系の香りであることは確かやな」

棚橋がひょろりと立ち上がり、眉と平行線になった目をにっと細めた。

「アロマテラピーっちゅうやつですね」

堀江がぽんとにんじんで手の平を叩く。包丁を置いてきて、なぜかにんじんを持っている。

「おまえ、顔に似合わんこじゃれた言葉知っとるな」

「それくらい知ってますって」

律と夏目組のアシスタントたちが、口々に勝手なことを言いながら犬のようにくんくん嗅ぐので、円は椅子の上で半泣きになっている。

周《しゅう》、早く帰ってきてよー……。

「これは、あやかさんの匂いやな」

円はぎょっと顔を上げた。

「お、お父さんっ⁉」

会社から帰ってきた父が、背後から律たちといっしょに円の匂いを嗅いでいる。

「なにやってはるんですか……」

自分たちのことを棚に上げ、四人のお兄さんは呆《あき》れたように父を見た。

「危ない親父やなぁ。エンちゃんがあやかさんとおんなしフェロモン出してるからって、間違えて襲ったらあかんよ」

声に振り向くと、麻《あさ》のジャケットを着た周が、苦笑いしながら台所の戸口に立っている。

「し、し、周…っ…」

フェロモンってなななななに？　それじゃ、まるで僕がみんなのこと誘ってるみたいな……。

円は真っ赤になって、口をぱくぱくさせた。

「アホっ。今の発言セクハラやぞ」

律が近づいていき、周の頭をばしっと叩いた。

セクハラセクハラセクハラ……。周との関係を知らない律が、助けてくれたつもりなのはわかっているが、その単語に円の頭の中はパニックになる。

家族に隠している秘密にセクシャルな要素が含まれているせいで、なにも知らない人が冗談で言った言葉が冗談でなく聞こえてしまう。隠しているのだから、平然と笑って済ませればいいだけなのに、どうしようもなく反応してしまう自分をコントロールできない。

「うー……」

円の手の中で、レポート用紙がぐしゃぐしゃになっていく。

「心配せんでもええよ」

父が円の頭をぽんと叩いた。が、円は顔を上げられない。

「一年ほど、大阪《おおさか》の研究所に行くことになったんや」

「え…？」

円は赤い顔のまま、目を見開いて父を見た。

「もしかして……単身赴任《たんしんふにん》？」

「まぁ、そういうことになるなぁ」

父は苦笑いの顔で、手にしていた上着を椅子の背にかけた。

本当なら母がついていくことになったはずだ。単身赴任なんかではなく……。

円は立ち上がって、父のワイシャツの袖《そで》をつかんだ。

「お父さんなんにもできないのに、洗濯物《せんたくもの》やごはんどうするの？　僕、お父さんのメンスタントになろうか？」

「そら嬉しいな。いっしょに行ってくれるか？」

父の笑顔に円は大きくうなずいた。が、

「エンちゃんっっ」

五人のお兄さんたちが声を揃《そろ》えて言った。

「なにアホなこと言うてんの」

周が、円の前髪をきゅっと引っぱった。

「だって、律さんたちには堀ちゃんがいるけど、お父さんにはメシスタントいないんだよ」

「そういうことやなくて…」

言いかけた周を手で制して、父は円の頭に手のひらをのせた。

「ありがとう。エンちゃんの気持ちだけもらっとこ。上もうちの事情知ってるし、まかないつきの独身寮に入れてもらえることになったから、なんも心配することあらへん」

「そう……なんだ」

ほっと肩から力を抜いた円に、周がさらにツッコんでくる。

「エンちゃん、学校どないするつもりやったん？　編入せなあかんし、大阪の学校は先生も大阪弁で授業すんねんよ」

「あ……」

「学校のことだけちゃうよ。エンちゃんおらへんようになったら、この家むさい男とトカゲだけになってしまうやんか」

律もちょっと怒ったような声を出す。が、怒っているわけではない。

「修羅場《しゅらば》んとき、エンちゃんがおらんかったら原稿描かれへんねんからなぁ?」

律に同意を求められ、夏目組のアシスタントたちは大きく首を縦《たて》に振った。

エンちゃんがおらへんかったらって、何度も強調しなくていいよ。律が最近よく口にする言葉に、円はいつも冷めたような、淋《さび》しいような複雑な気持ちなってしまう。

普通、家族にこんなことはわざわざ言わない。

留学を取りやめたとき、みんなに理由を聞かれて困っていたら、周が『エンちゃんはみんなに喜んで賛成されて傷ついたんや』と言ってしまったので、律もアシスタントたちも気を遣《つか》ってくれているのだ。

律はアシスタントたちにすぐに「クビや」とか「大阪に帰れ」と言うけれど、律に必要とされている彼らが、律が本気で言っていないことを知っているから成り立つ会話なのだ。

同じことを自分に言ったら、冗談にならないことを律は知っている。

だから……。

「読者アンケート、花巻《はなまき》先生の新連載に押されとったんが、新章に入ってHHがトップに返り咲いたんかて、エンちゃんがおってくれたからや」

「……」

円は黙ってうつむいた。

「じつはアニメにしよかいう話も出てんねんよ」

「えっ……」

「まだ決定ちゃうけど、たぶんな。そやから、欲しいもんあったらなんでも言うて、プレゼントするから」

「そんな……お礼なんて、困る。ヒットしたのは、律さんの才能とアシスタントのみんなの力なのに……」

円はますます居心地が悪くなって、手にした紙を意味もなく細かく折《お》り畳《たた》んだ。

「なに言うてんの。ジャンクの部数増えたんも、エンちゃんのおかげやって、編集長も喜んでるんやから」

律さんってば、そこまで言ったらわざとらしいよ。編集長さんなんて、会ったこともないのに……。

「お願いやから、遠慮せんと言うてみて」

「……」

押しまくられて、思わず考えてみる。が、周と両想いになれて、欲しいものなんてない。

でも、どうしてもっていうなら猫を飼ってみたいけど……。

うちにはアオコがいるし……。それに……。

「そんな儲《もう》かったんやったら、俺アースブルーのオス欲しー」

周がさっと口を挟《はさ》んだ。

「アホ、おまえに訊《き》いてへん」

「怪獣《かいじゅう》のモデルとして、アオコかて貢献《こうけん》してるやんか。彼氏つくってやりたい思うんが家族ちゃうんか？」

「カップルにして、トカゲが増殖《ぞうしょく》したらどうすんねんっ」

三人のアシスタントは大きくうなずき、父も味のついていないにんじんをつまみ食いしながら「そらまずいやろ」と首を縦に振った。

「家族は多いほうが楽しいやんか。なぁ？」

周は、親にオモチャをねだる子供の顔で円を見る。

周が大切にしてるから、アオコは家族だって思ってる。でも、トカゲの増殖は……。

と思った瞬間、アオコの縮小版がぞろぞろ歩いている絵が見えて、ぞくっと背中が粟立《あわだ》った。

「も…もうっ。そんなことより、お父さんの単身赴任の話のほうが大事でしょっ」

円が怒って立ち上がると、律も周も「なんで？」という顔をした。

「その話、もう終わってるやんか」

自立した大人で構成された家族だからなのか、父の単身赴任は円が思うほどの事件ではなかったらしい。夕食のときの話題は、アオコの彼氏を買うかどうかに終始《しゅうし》していた。もちろん、多数決で却下《きゃっか》されてしまったけれど……。

律も周も、父親と離れて暮らすことを淋しいなどと思う年齢ではないのはわかるけれど、父はどう思っているのだろう。

〝やさしいオジさん〟としか思えなかった父を、円は自然に「お父さん」と呼べるようになっていた。それといっしょに、自分が淋しいことばっかりで、妻を亡くした父の気持ちを少しも思いやっていなかったことに最近になってやっと気づいた。

律や周たちのおかげで、淋しさを感じる時間が減ってきたからだと思う。だから、父にも淋しい思いをしてほしくない。

「母さんがいたらいっしょに行って、単身赴任じゃなくて新婚生活だったのにね……」

円がシャープペンシルの後ろを噛《か》みながらため息をつくと、周が横からさっと取り上げる。

「そんなん口に入れたらあかん」

「は、はい。ごめんなさい」

部屋で勉強を見てもらっているときは、周を本当の家庭教師の先生だと思うことしている。

なのに……。

「キバでペンが折れてまうやん」

周はすぐに冗談を言って授業を脱線させてしまうのだ。

「キバじゃないってばっ」

で、自分もすぐにひっかき回されてしまうという……。

それに……。

周がどこかでこっそり吸ってきた煙草《たばこ》の匂いをシャツに残していたり、眼鏡《めがね》をかけた顔でノートをのぞき込んできたりすると、どきどきして体温が上がりそうになる。

教え方はうまいけれど、周は家庭教師としては不適任だった。

家庭内留学などと周は言っていたけれど、留学とこれではすごい差が出てしまいそうだ。

止めたの周なんだから……責任取ってよね。

むくれている円を見てくすっと笑うと、周は眼鏡をはずしてまじめな顔になった。

「エンちゃん、父ちゃんのこと思いやってくれるんは嬉しいけど、俺のことこれっぽっちも頭になかったやろ？」

「へ…？」

円は、瞬《まばた》きをして周を見た。

「ぜんぜん迷わんと、父ちゃんといっしょに行く言うたやんか」

「だって、お父さんひとりで可哀相《かわいそう》だなって…」

「俺は可哀相やないっちゅうことやな」

「……」

円は瞬きを止めて固まった。

「留学やめてくれたん、俺のためや思てたのに……違ってたんや」

周の声は怒っていて、直訳すると抗議の言葉だが、恋人モードで訳すとぜんぜん違う意味になる。怒っているのも、怒っているからではなく……。

円は赤くなってシャーペンの後ろをかじり、周は苦笑いしながらペンを取り上げた。

「忘れてたんやろ。そらそうやな。自分の学校のことも考えてなかったくらいやもんな」

「僕……ひとつのこと考えてると、ほかのこと忘れちゃうんだ。これじゃ、通訳なんてできないかも……」

まじめに悩む円に、周は前髪をかきあげながらくくっと笑った。

「ほんまに、エンちゃんは……」

「なんだよっ」

「言葉では表現でけへん……」

そう言いながら周が顔を近づけてくる。

結局こうなっちゃうんだから……。

こんな先生クビにしたいけど……できない。

よい子の生徒は、黙って目を閉じる。

「周おるかぁ？」

ドアが開くと同時に声がして、円と周はあわてて離れた。

「あ、あのなぁ……勉強中やねんぞ。ノックくらい…」

言いかけて、周はぶっと吹き出す。律は茶髪《ちゃぱつ》を左右の上のほうに結んで、小学生の女の子みたいな頭をしている。こうすると集中力が出るとテレビ番組で言っていたのを、素直に実行しているらしい。

「なにがノックやねん。うちにはそんな風習あらへん。男《だん》バスの主将から電話や」

笑われたことを気にも留めず、言うだけ言うと、律はさっさと出ていった。

ノックって風習なんだ。うちは男女ふたりの家族だったから、ノックして、どうぞって許可もらってから部屋に入るのは当たり前だったけど……。

「ごめんな。どいつもこいつも開《あ》けっ放《ぱな》しな性格やから」

「それって、開《あ》けっ広《ぴろ》げっていうんじゃないの？」

「いや、精神的なこととちゃうんねん。物理的に開けっ放しな家やねん」

それは言えてる。円はくすっと笑った。玄関の鍵は掛けないし、七味《しちみ》やコショウの蓋《ふた》は閉めないし、円はしょっちゅう誰かの開けっ放したものを閉めている。

「I'll be back」

低い声でシュワルツェネッガーのセリフを真似《まね》ると、周はあわてて部屋を出ていった。

いつもすぐ戻ってくるけれど、中断されたキスのつづきをしたことはない。

キスは気分とタイミング。それじゃあつづきをって言われて、できるもんじゃないもんね。

キス……何回邪魔《じゃま》されて、何回できたっけ？

周がくれたキスのバリエーションを思い浮かべたら、身体の奥できゅんと体温が上がる。

家族の冗談に対応できないのは、こんな秘密を隠しているから……。

円はひとりで赤くなり、意味もなく周の眼鏡をかける。

「あ……くらくらする」

すぐに眼鏡をはずし、円はへたっと机に突っ伏した。

新しい生活も恋も、くらくらしてる……。

大家族はあったかくて安心で楽しい。そのぶん、秘密の恋をするのは大変なのだ。

2

『いらん人間は絶対に来《け》えへん』

自分の息子と新しい息子が兄弟以上の関係にあると知っても、父は同じように言ってくれるだろうか。

訊《き》きたいけれど訊けない問いを胸の中に隠したまま、普通の十五歳の息子として、行ってらっしゃいと手を振って、円《まどか》は父を大阪《おおさか》に送り出した。

すごく淋《さび》しくて、少しだけほっとして、そのぶんだけ後ろめたかった。

好きな人に恋してるだけで、なにも悪いことはしてないと思うけれど、やっぱりごめんなさいって言わなきゃいけない気がする。

自分たちの関係を、家族に対して周《しゅう》はどう思っているんだろう。

開《あ》けっ放《ぱな》しな性格の周の本心。それは一番わかりやすそうで、ほんとはわかりづらい。

円は、隣《となり》を歩いている周をちらりと見上げる。

制服が夏のポロシャツに衣替《ころもが》えになった六月の半《なか》ば頃から、周もノーネクタイに麻《あさ》のジャケットというラフな装《よそお》いになっている。バランスの取れた体型なので、きちっとスーツを着込んでいても、少し崩した格好《かっこう》でもやっぱり決まってしまう。

この人が自分の恋人だと思うと、いっしょに通学しているだけでわくわくしてくる。

もちろんそれは誰にも言えないふたりだけの秘密で、わくわくするのと同じくらい、いやそれよりもっと、円はいつも不安でどきどきしている。

周とは約束をしている。というか、させた。ふたりの関係を家や学校で絶対に気づかれないようにすること。絶対だよと念を押すと、周は『まかしとき』と言った。

その『まかしとき』という言葉が、円にはどうにも頼りなく聞こえてしまう。

そう、同じ高校に通うことになったとき、周はしょっぱなから約束を破ってくれたのだ。

「夏目《なつめ》先生、エンちゃん。おはようございまーす」

高校の最寄《もよ》りの駅から正門までのあいだに、何人もの生徒にこんなふうに声をかけられる。

なぜほかの学年の生徒にエンちゃんと呼ばれているかというと……。

学校では兄弟ではなく、普通に教師と生徒として振る舞《ふま》おうと約束したのに、入学式の口、新任の挨拶《あいさつ》のついでに、周は講堂の壇上《だんじょう》でこんなことを言ってくれたのだ。

『あ、弟の円もいっしょに入学したんで紹介します』

円は周の挨拶を自分のことのように緊張して見つめていたが、そのひと言にぎょっと目を見開いた。

『円周率の円って書いてまどかって読みますが、うちではエンちゃんて呼んでます。みんな仲良うしてやってください』

そう言って深々と頭を下げた。

円が完全に固まっていると、

『あ、おったおった。エンちゃーん』

周は円に向かって手を振った。

同じ中学から来た生徒は数人しかいない。知らん顔でやり過ごせば大事には至らなかったのに、円は固まったまま、思いっきりその場で立ち上がってしまった。

注目を浴びてからあわてて椅子に戻ったが時すでに遅く、入学初日、全校生徒に夏目周の弟であることと、エンちゃんというあだ名が知れ渡ってしまったのだ。

周はすぐに「まかしとき」とか「よっしゃ」と言って引き受けてくれるが、言うだけでいつも自分の好きなようにやってしまう。嘘つきとか、口が軽いというのとは違うけれど、嬉《うれ》しいことはすぐに人とも分かちあいたくなるらしい。ので、油断ができない。

あだ名が知られるまではいいとして……。

そのことを考えると、体温が二、三度下がりそうになる。

円にとって一番人に知られたくないことは、周にとっても同じはずだし、ばれたときのリスクが大きいのは円よりも周のほうなのだが……。

ちらっと能天気《のうてんき》な恋人の顔を見上げる。と、やっぱり楽しそうに笑っている。夏の太陽みたいに明るくておおらかな笑顔を見ていると、びくびく心配ばかりしている自分のほうがヘンなのかも……と思うこともある。

あるけれど……。

円はポロシャツの胸を押さえて、ふうっとため息をつく。

秘密の恋という言葉の響きには、わくわくするようなイメージがある。でも、じっさいにそれを自分で抱《かか》えてみると……。

「ほんとそっくりー」

二年の女生徒に顔をのぞき込まれ、そしてくすっと笑われる。円は戸惑《とまど》いのまざった笑みを浮かべ、胸の内でもうひとつため息をつく。

ハンサムな周に似ていると言われるのは嫌じゃない。でも、事実まったく似ていないのだから素直に喜ぶわけにはいかない。

挨拶代わりというか、社交辞令《しゃこうじれい》みたいなものなのかもしれないが、周といっしょに通学しているとよく言われる。そして、なぜか、もれなく笑いがついてくるのだ。

なんでもオープンにするのが好きな周が、円が戸惑っているのをそばで見ていながら、フォローしてくれないのも不思議だった。血がつながっていないから似ているはずがない。これこそ、べつに隠す必要などないことなのに……。

「コーチ、おはようございます」

円と同じクラスの井上隼人《いのうえはやと》が、周に軽く会釈《えしゃく》をする。隼人はバスケット部員なので、周をコーチと呼ぶ。

「おーす」

気さくな挨拶をする周に便乗《びんじょう》して、

「お、おはよ」

円も声をかけた。が、隼人は円を一瞥《いちべつ》すると、ふいと行ってしまった。

「なんや、あれ。態度悪いやっちゃな」

「嫌われてるみたい」

予想どおりのリアクションに、円は苦笑しながら肩をすくめた。

「もしかして、あいつにいじめられてんのか？」

周が心配そうに顔をのぞき込んだので、円はあわてて首を横に振った。

「ほんまに？　あいつ一年やけど、今度の試合レギュラーに選んだったから……上級生にしごかれて、逆恨《さかうら》みしてエンちゃんいじめてるんかなて」

「まさか。僕のほうが悪…」

「えーっ、エンちゃんが隼人いじめてんのぉ？」

大げさに驚いてみせる周に、円はむっと眉を寄せる。

「それやったらええよ」

「いじめてないってばっ」

嫌われている理由は単純なことだった。

円は夏目姓になる前は井上円《いのうえまどか》だったので、出席のときや誰かに隼人が「井上」と呼ばれると、つい返事をしてしまう。あんまり何度もやるので、クラスメイトたちが「エンちゃんは井上の奥さん」とからかうようになってしまい、隼人は怒っているのだ。

可愛《かわい》い女の子とくっつけられるなら悪い気はしないだろうが、男とでは……。隼人が怒るのも無理はない。

隼人は無愛想《ぶあいそう》だが、甘いマスクと少年らしいバランスの取れた身体つきで、上級生も含め、女の子に人気がある。といっても、周のようにそれを楽しむというタイプではなく、本人は冷めているのに女の子が放っておかないというタイプだ。

恵まれた身分なのだから、つまらない冗談など笑って受け流してくれればいいのに、よっぽど嫌なのか本気で怒っている。しかも、からかって喜んでいる同級生に向けてもいいはずの怒りを、なぜか一方的に円にだけ向けているのだった。

「なんや、ただの誤解やんか。部活のときに俺から説明しといたろ」

円の話を聞いて、周はあっさり言った。

「やめてよ。保護者に言いつけて解決してもらうなんて……そんな小学生みたいなこと嫌だ」

「エンちゃん偉いっ」

「やめてよー」

ぐりぐりと髪をかきまわす手を、円は迷惑そうに振り払った。

偉いって、そんなの当たり前じゃん。すぐに子供扱いするんだから……。

とは言うものの、円はこんな単純なことを隼人に伝えることすらできずにいた。

声をかけるとまわりの誰かがからかうので、よけいに隼人を不機嫌にさせてしまうのだ。

早く誤解を解いて、胸の中をすっきり軽くしたい。それでなくても、考えなきゃいけないことがあるんだから……。

円はちらっと周の横顔を見上げた。

誰かさんのことで……山ほど、ね。


というわけで、さっそく解決するのだ。

「おしっ」

円は小さくガッツポーズをし、学食に向かう隼人に早足で近づいていった。

廊下の途中で追いつき、思い切って声をかける。

「あの、井上…」

「話しかけるなっつってるだろ」

振り向きざまに拒絶され、円はびくっと一歩退《しりぞ》いた。

「ご…ごめん。でも…」

円が言いかけた瞬間、同じクラスの長谷川《はせがわ》が「井上夫妻、往来《おうらい》で夫婦ゲンカ？」とからかい、いっしょにいた連中もヒューヒューと口笛を吹いてはやしたてた。

頼むよ……。円は画鋲《がびょう》でも踏んだような顔をした。

「おまえ、俺になんか恨みでもあんのかよ」

「ないよ」

「じゃあ、そばに寄るなよっ」

肩を突《つ》かれ、円は軽くよろけた。

瞬間、頭の中で、なにかが切れる音がした。

自分が悪いと思っていたから下手《したて》に出ていたけれど……。

「話くらい聞いてくれてもいいだろっ」

「……」

初めて強い調子で返してきた円に、隼人は切れ長の目を見開いた。

「って思ったけど、もういい。人の気も知らないで……」

円は大きな目で隼人をにらみつけ、

「死ぬまで怒ってろっ」

投げつけるように言うと、円は早足で隼人から離れていった。

ちゃんと話して和解するはずが、ぶっ壊《こわ》してしまった。というか、自分が壊れてしまった。

でも、いい。もうどうでもいい。すっきりした。

井上という名前に反応してしまうのも、時間が経《た》てば直る。もう教室で緊張するのも、気にするのもやめた。自分のこと嫌ってるやつになんて、いくら嫌われてもいいじゃん。

ほんとはやだけど……。

「エーンちゃん」

振り向くと、知らない男子生徒が立っていた。ひょろりと背の高いひよこ色の長髪と、がっしりした身体の坊主頭という対照的なふたりで、二年生だということは、ポロシャツの胸のワンポイントの色ですぐにわかった。

「お兄さんたち、エンちゃんにお願いがあるんだよね」

こんなふうに、面識《めんしき》のない人にエンちゃんと呼ばれるのは本当は好きじゃない。なれなれしい笑顔を浮かべているふたり組を見上げながら、円は胸の中で不満を訴《うった》える。

周が考えてくれたあだ名。ほんとは、いっしょに暮らしてる人にだけ呼ばれたいのに……。思いっきり全校生徒に広めてくれちゃって……。

周の馬鹿……。

「エンちゃんはねー、まどかってゆーんだほんとわねー♪」

わざわざ歌ってくれなくても知ってるよ。本人なんだから。

隼人と決裂《けつれつ》したときの気分を引きずったまま、昼食がまだなのに屋上に連れてこられ、円はあからさまに不機嫌な顔をしている。

「昼休み終わっちゃうんで、さっさと用件言ってもらえますか？」

名乗りはしないが、ふたりは周が副担任をしている2年E組の生徒だと言った。

「で、用はなんなんですか？」

「エンちゃんはなんで大阪弁使わへんの？」

ひよこ頭が妙なアクセントの大阪弁で訊いたので、円は不愉快そうに眉を寄せた。

毎日、ネイティブの大阪弁を聞いて暮らしているので、ドラマで役者がおかしなアクセントで大阪弁のセリフを言うと、ちゃんと違和感を感じるようになっていた。もちろん、意味がわからない単語や言い回しはまだまだあるけれど……。

「人の勝手でしょ」

円はふいと横を向く。知らない人に、家庭の事情を話す必要なんてない。

「可愛い顔してるのに、気ぃ強いんだねぇ」

「用がないなら帰ります」

教室に戻ろうとする円の手首を、坊主が強くつかんだ。

「エンちゃんって、夏目円っていうんだよね」

「それがなにか…」

「この名前に聞き覚えない？」

あるに決まってると言いかけて、円ははっとする。

もしかしてあのときの……？

五月のはじめ頃、周が生徒から没収《ぼっしゅう》したＡＶを棚橋《たなはし》たちに売りつけていたことがあった。

周が〝いっちゃん好き〟と言っていた、夏目まどかが主演女優の……。

円の表情を見て、坊主は手を放し、ひよこ頭は嬉しそうに髪と同じ色の細い眉を下げた。

「頼まれてくれるよね」

ふたりは、円に周の部屋に忍び込んでビデオを取り戻してくれというのだ。

「いくら兄弟でも、勝手に部屋に入ってもの取ったりできません」

そんなことはお断りだし、ビデオはもう周の部屋にはない。

「人聞き悪いなぁ。人のもの盗めって言ってるんじゃなくて、もともと俺らのもの取り戻してほしいって言ってるんじゃない」

「それなら、ご自分たちで夏目先生に言ってください」

きっぱりと拒否する。が、ひよこ頭はしつこく食い下がってくる。

「何度も返してほしいって頼みに行ったんだけどさぁ……あの人、口が減らないっていうか、へらへらと調子よく話はぐらかしてくれて埒《らち》が明かないんだよねぇ」

それはまぁ言えてる……。でも……。

「力になれなくてごめんなさい。やっぱりできません」

空腹感が強くなってきたので、円は丁寧《ていねい》に断って逃げようとした。

「だめだって言うなら、しょうがないな」

ひよこ頭が言ってくれたので、遠慮なく昼ごはんを食べに帰らせてもらう。

「それじゃ、失礼し…」

坊主のごつい指がまた、円の細い手首をがっしりとつかんだ。

「じゃあ、エンちゃんがまどかちゃんの代わりになってよ」

「え…？」

意味がわからず、円は目を瞬《またた》かせた。

「その辺の女の子より、エンちゃん可愛いじゃん」

「そうそう、なんつっても、名前が夏目まどかっつーくらいだからさ」

「なに言って……」

円の顔からさっと血の気が引く。手をほどこうとするが、坊主がしっかりとつかまえている。

「君も男なら、男がどうやったら気持ちよくなるか知ってるよね？」

「やってくれない？」

ひよこ頭が身体を傾《かたむ》けて顔をのぞき込み、円の顎《あご》に手をかける。

なにを言われているのかわかり、円は手首をつかまれたまま一歩あとずさる。

「……この可愛いお口でさぁ」

「や…」

円が声をあげそうになった瞬間、三人が立っているコンクリートの床に、ひらりと大きな影が降ってきた。

「可愛いけど、キバあるから気ぃつけたほうがええよ」

正義の味方よろしく、時計台の上から飛び降りてきたのは周だった。

「げっ、夏目…」

「なにがげっやねん。失敬《しっけい》な」

周は、円の腕をつかんでいる坊主の頭を叩いた。

「人が気持ちよう昼寝しとったのに……こそこそ人の悪口言いくさって」

まだ昼休みになったばっかりなのに、昼寝？　ってことは、また空き時間にお弁当食べちゃったんだ。こわかったことも忘れ、円は呆《あき》れ顔になる。

「べつに俺たち悪口なんて…」

言い訳をしようとして、ひよこ頭も周に頭を叩かれる。

「よう聞こえとったわ」

「それより、まどかちゃんのビデオ返してくださいよー」

ふたりは円の存在など忘れたように、両手で合掌《がっしょう》しながら必死な顔で周を見る。

「気安くまどかちゃん言うな。おまえらにはもったいないわ」

「そんなぁ……」

「だいたいあのビデオはあかん。主演女優はめちゃめちゃ可愛いけど、シナリオがしょうもない。ゲージツ性に欠けるし、即物的《そくぶつてき》過ぎや。あんなん観《み》とったら、イマジネーションが欠乏《けつぼう》して、女の子喜ばせることでけへん身体になってまうわ」

「うそっ」

「嘘やない。Hビデオは、想像力使って感じる部分が残ってなあかん。とくに若いやつには深刻な害があるねんからな」

「害って……どんな？」

真剣に話を聞いているふたりの横で、円は苦々《にがにが》しい顔で腕組みをする。

周って……。なんだかんだ言って、しっかりそういうの観てるんじゃん。

「彼女に『あなたって早いのねぇ』って言われたないやろ？」

「……ないっす」

ふたりは殊勝《しゅしょう》な顔でうなずく。

「ちゅうことで、有害《ゆうがい》ビデオは、生徒思いの夏目先生が庭で焼いてあげました」

へらっと言うのを聞いて、ふたりといっしょに円もえっという顔で周を見た。

添田《そえだ》さんに二千円で売ったくせに……。

「燃やさなくても、売れたのにー」

子供っぽいブーイングをするふたりに、周はちっちと口を鳴らしながら人差し指を振る。

「嬉し泣きするのはまだ早い。そんなんより、もっとええお宝ビデオ貸したる」

「えっ…」

「芸術性も高いし、映像もストーリーも涙もんやねんぞ。どうせ観るんやったら、クオリティの高いもん見なあかん。それやったら俺も許す」

「先生～」

抱きつこうとするふたりを、周はうるさそうに振りほどく。

「わかったら、とっとと消え。今度エンちゃんにこんな悪さしたら、オーラルの評価、無条件にEやからな」

公私混同《こうしこんどう》の周の言葉に、ふたりは素直にうなずいた。

鉄のドアの中にひよこ頭と坊主が消えると、周は腰に両手をやってわははと笑った。

「ゴジラVSキングギドラ。あいつら泣いて喜びよるわ。めっちゃカッコええ怪獣《かいじゅう》が、くんずほぐれつ…」

「やめてよっ」

円はうつむき、両手の拳《こぶし》を握りしめた。

「どしたん？」

「そういうこと言わないでっ」

足元のコンクリートに叩きつけるように言う。

「そういうってなに？」

「気をつけてっていっつも頼んでるのに、なんで無神経なことばっか言うのっ」

「あ……ああ、そうか……ちょっと下品やったかな」

周は笑いながら頭を掻《か》いた。

「そうじゃなくて……さっきだって……」

「ご、ごめん。あいつらがエンちゃんにアホなこと言うから……カッコよう助けたつもりやってんけど……あかんかった？」

「……」

円は目の縁《ふち》を赤くして、ぎゅっと唇を噛《か》んだ。

周は困ったように眉を下げ、ふっと微笑《ほほえ》んだ。

「……こんなことで傷ついてまうんやな」

どきんとして、円は周の顔を見た。

「エンちゃんは繊細《せんさい》やから、ほんま扱《あつか》いに気ぃ遣《つか》うなぁ」

「……」

気を遣う……？　周の言葉に、頭の真ん中がじんと痺《しび》れたようになる。

「〝こわれもの〟とか、〝取扱注意〟のシール貼《は》っとかなあかんな」

軽い冗談なんだから、軽く笑えばいい。そう思ったのに、泣きたくなる。

「じゃあ、もう扱わなきゃいいじゃんっ」

「へ…？」

周はびっくりした顔で円を見た。

「これからはもう学校で会っても話しかけないで。兄弟でもなんでもなくて、ただの先生と生徒にするっ」

「そんなんもうみんな知ってるし、今さら無理や」

「最初からそうしてって言ってるのに、周が勝手にみんなにばらしたんだろっ」

「あれは悪かったたって思ってる。けど、俺エンちゃんのことみんなに自慢…」

「夏目先生っ、学校でエンちゃんって言うのやめてくださいっ」

本気で怒りだす円に、周は苦笑いしながら肩に手をまわす。

「誰もおらへんときはええやろ。あ、たまには学食でお昼いっしょに食べよ。俺、二時間目に弁当食ってしもたから、もっかい……」

「授業が始まるので失礼しますっ」

円は激しく振りほどき、重い扉を開けて階段を駆け降りていった。

周はぜんぜんわかってない。

扱いに気を遣うなんて言って、なんにもわかってくれてない。

周は学校でも家でも同じにエンちゃんと呼ぶし、一見プライベートと職場をいっしょくたにしているように見える。でも、気持ちの上ではしっかり区別している。だから、平気でめんなことが言えるのだ。自分は学校と家はべつにしてと言っているくせに、気持ちを切り換えることができない。家でも学校でも、周といるとどきどきしたり息苦しくなったりする。

だから、周が軽い気持ちで言った冗談に過剰《かじょう》反応をしてしまう。

一週間前、部屋で家庭教師の最中に、周が円の首筋にいつもと違うニュアンスのキスをしようとしたとき、例のごとく律《りつ》が突然入ってきて中断された。

律が出ていったあと、乱れた呼吸を整えている円に、周は冗談めかして『ホテル行こか？』と言った。

笑って受け流すか、そうだねって軽いノリで従《したが》うか。ふたつのうちひとつが恋人としては正しいリアクションだろう。なのに……。

思いっきり拒否してしまった。まるでセクハラでもされたように……。

自分の態度がシャレになっていない気がして、しばらく落ち込んだ。

周は『冗談やんか』と笑っていたけれど、自分がイエスと言っていれば、冗談でなくその日のうちにそうしたはずだ。

周に抱かれたくてたまらない自分と、それを悪いことのように感じている自分がいて、身体の中でおたがいを嫌悪《けんお》しあっている。

矛盾《むじゅん》した気持ちに両方から引っぱられ、どっちにも行けない。

周を傷つけたり、嫌われたりしたくないのに、あるがままに振る舞う周にはらはらするぶん、家族の中で周にだけきつく当たってしまう。

悪いのは周じゃなくて、どっちつかずの自分の気持ちだった。

認めたくないけれど……。

周が軽い気持ちで口にするセクシャルなジョークが堪《たま》らなく嫌なのは、気持ちだけがあって、まだなにもしていないからだった。


その日の夕食のテーブルは、円のまわりにだけブルーな空気がたちこめていた。

周が隣から話しかけても無視しているので、律と夏目組のアシスタントたちはなにがあったんだろうという顔をしている。

が、そこは大人なので、様子を伺《うかが》いつつも、いつもと変わらぬ様子で円にあれこれと話しかけてくれる。

「へぇ……それでシャドーイングいうんや」

部屋から毎晩聞こえてくる英語のひとり言について訊《たず》ねられ、円はテープの声を影のように追いかけて発声していく練習だと説明した。

「通訳への道も、なかなか険《けわ》しいなぁ」

律は感心したように言った。

「ほんま、スポーツ選手のトレーニングに近いもんがありますね」

エプロンをした堀江《ほりえ》が、律にお代わりの茶碗《ちゃわん》を手渡しながら言った。

「地味な勉強の積み重ねだけど、できなかったことができるようになるのって楽しいから」

「エンちゃんはなにやってもまじめやからな」

周が口を挟《はさ》んできたので、円はふいと目をそらす。

どうせ、まじめで冗談がわかんなくて、気を遣わせてるよっ。

「語学勉強するのには根気《こんき》強いんはええことやけどな」

周の声のトーンが変わったので、円は思わず顔を見た。

「いつまで怒ってんの」

周は円の頬《ほお》をきゅっとつねった。

「怒ってないよっ」

「顔がふくれてる」

今度は箸《はし》の後ろで反対側の頬をつつく。

「ちょっと、食べてるときにやめてよっ」

「食事中は笑っとったほうが消化にええよ。怒ってる顔も可愛いけど」

「……」

円はカッと赤くなり、箸をくわえてうつむいた。

馬鹿……。そういうことみんなの前で言わないでって言ってるのに……。

「ほら、笑って笑って」

「こら、ええかげんにし。エンちゃんが火ぃ噴《ふ》きそうになってるやんか」

「火噴く……？」

律の言葉に、円はますます赤くなる。

「あ、いや……今、怪獣の漫画描いてるからつい、な。悪いのはこいつや。二十三にもなって、弟いじめて楽しいんか」

「めっちゃ楽しい」

周が前髪を引っぱったので、円は泣きそうになる。

「ごちそうさまっ」

廊下に飛び出すと、そのまま部屋に走っていく。

はずだったが、床になにか固いものが落ちていて、足を引っかけて転んでしまった。

「ったぁ……」

背後で固いものがのそっと動く気配に、嫌な予感がしながらゆっくりと上体を起こす。

「な……な、なななんでいるの？」

と言って答えるはずもなく、アオコは丸い水晶玉の目でじっと円を見つめている。

「周っ、来てっっ」

叫んだら、二秒で周が飛んできた。

「エンちゃん!?　どないした……あ？」

足元にすり寄ってきたアオコに気づいて、周はふっと微笑んだ。

「大声出すからなにごとか思たやん」

「笑ってないで……早くどけてよっっ」

ほっと息をつくと、周は床にはいつくばっている円をひょいと肩に抱き上げた。

「ちょとっ、なんで僕のほうどけんだよっ」

「降ろしてええの？」

下を見ると、周の足元にアオコがぺったり張りついている。

「だめっ、降ろさないでっ」

「どっちやの？」

「アオコをケースに戻してっ」

「はいはい」

周は円を抱いたまま屈《かが》み込《こ》み、もう一方の手でアオコを持ち上げようとした。

「だめっ。アオコはだめっっ」

激しく拒否する円に、周は嬉しそうに笑う。

「なんや、ヤキモチ妬《や》きやな。自分だけ抱っこしててほしいん？」

「馬鹿っ、違うよっ。僕のことどっかに避難させて、それからアオコを戻すのっ」

「仲直りしてくれるんやったらな」

「卑怯者《ひきょうもの》っ。そんなの脅迫《きょうはく》じゃないかっ」

円が噛《か》みつくと、周はしらっとした声で言った。

「そうや。脅迫してるんや。仲直りするんかせぇへんのか、はっきりし」

「絶対しないっ」

「ほな、降りてもらお」

「え…？」

ふっと身体が傾き、床からこっちを見上げているアオコと目が合った。

「するっ。仲直りするっっ」

周にしがみつき、円は泣き声で叫んだ。

悔《くや》しいけど、ほっとした。

意地を張りだすと引き返せなくなるから、周が脅迫してくれてよかった。

なんて、死んでも言ってやんないけど……。

「アオコはエンちゃんの仲間やのに……なんでそんなこわいん？」

ガラスケースにアオコを戻すと、周は苦笑しながらベッドに坐《すわ》っている円の隣に腰を下ろす。

「僕、怪獣でも爬虫類《はちゅうるい》でもないもんっ」

「アオコ東京に連れて帰るとき、車ん中で、家族やって思ってくれる言うたやんか」

「おとなしいし、目とか可愛いし……。けど……アオコはさわれないし、さわっても固くて冷たそうだし……」

「体温は低いけど、思ったほど固ないよ。さわってみる？」

円は激しく首を横に振った。

「なんでトカゲ嫌いな人のほうが多いんやろ。こんな可愛いのに」

「だって、ペットっていうのは観賞《かんしょう》するだけじゃなくて、抱きしめたり撫《な》でたり、スキンシップできる、ふわっと肌ざわりがあったかい動物のがよくない？」

「そうか。エンちゃんは羊《ひつじ》が欲しいんかぁ」

周はぽんと、手のひらを拳で叩いた。

「ち、違うよっ。なんで羊なんだよっ」

「ふわっとしてあったかいいうたら、ウールやろ？」

「羊なんて普通の家でどうやって飼うんだよ。もっとちっちゃい…」

猫と言いかけて、円は言葉を呑み込んだ。

「エンちゃんにはおっきい動物のほうが似合うよ」

「どうせ怪獣が似合うって言うんでしょ」

「わかってるやん」

そう言って、ふわりと抱きしめてくる。やわらかくないけど、気持ちいい。

怒っていたのも忘れて、とろりといい気持ちになってしまう。

「エンちゃんは抱っこするより、してもらうほうが好きやろ？」

「……」

顔だけでなく、全身が赤くなっている気がする。

周が顔を近づけてきたので、円はそっと目を閉じた。

「こらぁっ、周っっ」

律の怒鳴《どな》り声といっしょにいきなりドアが開いた。

「わわ…っ…」

円はあわててベッドの端に移動し、周は弾《はじ》かれるように立ち上がった。

「なっ…なんやっ。ノックしろやっ」

「ノックより、おまえトカゲ小屋にきっちり鍵掛けとけよっ。仕事部屋、アオコが歩き回っとるやないかっ」

「律さん、アオコならここに……」

円が指さしたので、律は身体を横に曲げてケースをのぞき込む。アオコは丸い透明《とうめい》な目で、きょろんと律を見上げた。

「ほな、あれ誰や？」

「周……？」

嫌な予感を感じながら顔を見ると、周は白い歯を見せてにっと笑った。

「アオコの彼氏。アオタ言うねん。覚えやすいやろ？」


なんと、周は律のカードでアオコと同じアースブルー・ドラゴンのオスを買ってきていたのだった。しかも、律に無断で。

「ＨＨ、今回は怪獣出てくるし、資料代として経費で落とせるやんか」

アオタをケースに押し込みながら、周は悪びれもせずへらっと言った。周の態度も、アオコが二十万もするトカゲだったことも驚きだったが……。

「資料て、あいつアオコとおんなし顔しとるやないか。なんで二匹もいるんねん」

腕組みをした律が、苦々しい顔でケースの中のカップルを見下ろしてる。

「オスとメスはぜんぜんちゃうやん。よう観察して…」

「やかましいっ」

律は周の後ろ頭を叩くと、大きなため息をついた。

「アオコも、人間の中でトカゲ一匹いうんは可哀相《かわいそう》やとは思っとったけど……」

「さすが律《りつ》ちゃん。やさしいなぁ」

いつも人のことを子供扱いしているくせに、こういうところは元末っ子らしく案外ちゃっかりと甘え上手だったりするのだ。

「……しゃあないやっちゃな」

周の額をこづき、律はあっさり部屋を出ていく。

それだけ？　円は呆気《あっけ》にとられ、口を半分開けたまま開け放たれたドアを見つめた。

そう、円が一番驚いたのは、律があまりにも簡単に周を許してしまったことだった。

「これでいいわけ？」

円が呆れ顔で訊くと、周はへらっと「かまへん」と言った。

たしかにアオコはおとなしくて人を嚙んだりしないけど……嚙むとか嚙まないっていうことじゃなくて、兄弟だからって勝手に人のカード使うってのが問題なんじゃないの？

「ねぇ……もしかして、あの車も勝手に買ったんじゃ……」

「あれは律の車や」

「え……律さんが乗ってるの見たことないよ。それに、どう見ても周の趣味じゃん」

周が乗り回しているＧＴＯは、派手なリアウイングのついた、ＳＦ特撮《とくさつ》ものに出てきそうなスポーツカーだ。

「免許持ってるけど、律はいっつも頭ん中漫画のこと考えとって危ないから……運転手の俺の好きなん買ったんや」

運転手って……。律さん乗せてるとこなんて一回も見たことない。

「やっぱり買わせたんだ」

「まぁ、そうとも言えるけど……。律は金銭感覚ゼロやし、金持ってるだけで活用せえへんから弟がサポートしてやらなあかんねん」

「……」

呆れるのを通り越して頭痛がしそうになったが、円はふと思い直す。

周と律さんはほんとの兄弟だもんね……。それでうまくいってるんなら、外野がとやかく言うことはない。

黙ってしまった円に、周がふわりと笑う。

「エンちゃんも、遠慮せんと羊買《こ》うてもらい」

「羊なんていらないってばっ」

「ほな、なにが欲しいん？」

「べつに欲しいものなんてないもん」

「スキンシップできる動物がおるから？」

と言って、抱きしめてくる。抱きしめられると……。

「もうっ、暑苦しいよっ」

円は周の腕を振りほどいた。

「あったかい動物がええ言うたやんか」

「冬ならねっ」

子供っぽくふくれながら、内心ため息をつく。

ときどき、律と周の関係がうらやましくなるときがある。

ひとりっ子だった自分には、兄弟というのがどういうスタンスでつきあっている人たちなのか今ひとつよくわからない。甘えてはしいと律に言われたことがあるけれど、どの程度まで許されるのかわからない。

夏目家の人々にとって、自分が突然やってきたことは異物の侵入だ。周は可愛がっていたアオコを大阪の友人に預けたり、自由に吸っていた煙草《たばこ》を吸えなくなったり、自分が入り込んだせいで今までやっていたことを制限されてしまったわけで……。

猫が飼いたいという言葉を呑み込んでしまったのは、そんな思いがいつも頭の隅にあったからだろう。周にひっぱたかれて、両想いになって、母のオマケだとは思わなくなったけれど、それでもやっぱり、条件反射みたいに素直な気持ちにブレーキがかかる。

形の上では家族だけれど、自分だけが血のつながりがなく、幼い頃に共有した思い出や、生活の積み重ねもない。友達とケンカ別れするみたいに、だめになってしまう可能性のある関係だから……。

それがこわいから、父や律に、周との関係を知られるのがすごくこわい。

なによりも大切な関係なのに……。

3

「ごめんな、急に」

周《しゅう》は両手を合わせて、円《まどか》を拝《おが》んだ。

日曜日、本当は練習のあとにミーティングを兼《か》ねて、夏目《なつめ》家で夕食会をすることになっていた。周が部員たちに食べさせたかったのは、漫画家修行中、板前《いたまえ》修行中退の堀江《ほりえ》の料理だったのだが、律《りつ》の仕事が押してきて料理をする時間が取れなくなってしまったのだ。

「まかせて。晩ごはん作るの久しぶりで嬉《うれ》しい」

円が両腕を軽く上げて小さくガッツポーズをすると、周は目を細めて「サンキュ」と言った。

恋人や家族の役に立てるのは単純に嬉しい。役割や仕事があると、安心で居心地がいい。

「大人数だから、やっぱカレーだよね。あとはサラダとフルーツ入れたヨーグルトのデザートでいいよね……」

円はいそいそとエプロンの紐《ひも》を頭からかぶる。

「十五人も来るんやけど、かまへん？」

「もう……怪獣《かいじゅう》じゃないんだから。それ、バスケ部の人の前で言わないでよ」

「急にどないしたん？　怪獣なんて言うてへんやんか」

周が不思議そうな顔をしたので、円も同じ顔になる。

「だって今……噛《か》まへんって訊《き》いたじゃない」

「その噛まへんちゃうよ。かまわへん？　Do you mind? や」

「そ、そっか……なんだ」

このあいだアオタを勝手に買ったことをいいのかと訊いたときに言っていたのも、『噛まへん』でなく『かまへん』だったらしい。

微妙にヘンだとは思っていたけれど、やっと意味がわかった。

文脈で気づかないなんて、大阪弁浴びて暮らしてるのに、僕って言語感覚が鈍《にぶ》いのかな……。

「英語といっしょに、やっぱし大阪弁の勉強せなあかんな」

「大阪弁の通訳になるんじゃないもんっ」

「クライアントが大阪の人やったらどうすんの？　don't mindを、don't biteって訳したらえらいことになるよ」

「……そうだよね。母さんも、医学の関係の会議通訳のとき、頻尿《ひんにょう》って言ってるのに、勝手に貧《まず》しいって字の貧尿《ひんにょう》って思い込んで、逆の意味に訳しちゃったことあるって言ってたもんね……」

真剣な顔で悩んでいる円に、周が額《ひたい》を押さえてくっと笑う。

「笑いごとじゃないよ」

「ごめんごめん。笑い話や思たから」

と言いながら、周の笑いは止まらない。

「冗談で言うたのに、エンちゃんなんでもマジにとるからうっかり言われへんな」

ぽんぽんと頭を叩かれ、円はむっと眉を寄せる。

「周たちって冗談ばっか言ってるから。なにがほんとのことかわかんないんだもん。意味不明な単語使うし……」

「うちにおったら大阪に留学してるんとおんなしやから、すぐにマスターできるって」

「マスターなんかしたくないっ」

「勉強せな言うたやんか。覚えた単語、言うてみ?」

かまへん、ほかし……好きやねん。

周が言えと言っているのは、覚えただけで、まだ一度も口にしたことがない〝いっちゃん大事な言葉〟のことだ。

「ほら言うて……言葉は知ってるだけで使わへんかったら意味ないねんよ」

やさしく抱き寄せられ、ふわんと気持ちがほどけてしまう。

「好き…」

円が言いかけたとき、廊下の向こうから「おじゃましまーす」と大勢《おおぜい》で叫ぶ声がした。

「来たみたい……」

「……やな」

周が大げさに肩をすくめてみせたので、円は小さく吹き出した。

笑いごとじゃないんだけど……ね。

「エンちゃんって、ほんとエプロン似合うねぇ」

制服にエプロンをした円を見て、福田夏美《ふくだなつみ》と飯田祐子《いいだゆうこ》が声をたてて笑った。

本当は男子部だけのはずだったが、夕食の支度を堀江の代わりに円に頼むことになったと知って、女子部から周が副担任をしている2Eのふたりが手伝いを買って出てくれたのだ。

「おまえらは似合わへんなぁ」

周が後ろから、かぶさるように夏美と祐子の肩に手をかけた。

「あー、ひどーい」

夏美はぽっちゃりした頰をふくらませたが、祐子は嬉しそうに細く描いた眉を上げた。

「合宿のときは、ふりふりの色っぽい新妻《にいづま》エプロン持ってきまーす」

「エプロンより、料理頼むわ。合宿所、自炊《じすい》なんわかってるやろな」

「……」

無言で顔を見あわせる夏美と祐子に、周は「こらあかんわ」と額を押さえた。

「料理はマネージャーの麻里《まり》ができるから、だいじょーぶでーす」

祐子は、甘えるように周の腕に手をからませた。

「ほんなら、なんで麻里連れてけえへんの。ちゅうか、おまえらはなにしに来たんや」

「エンちゃんのごはん食べにですぅ」

「なんやそれ」

笑いながら夏美の頬をつつく周を見て、円は首を傾《かし》げる。

こんなに自然で楽しそうなのに、彼女たちは周の恋愛対象じゃない。カモフラージュのためにやっているとは思えないし、かといって男子生徒とじゃれあっているのは見たことがない。

これでも一応、ばれたらまずいって思ってんのかな……。

「こいつら使われへんわ。エンちゃん、合宿いっしょに行ってくれへん？」

「なに言ってんの。遊びの旅行じゃなくて、合宿でしょ。それより、運ぶの手伝ってよ」

「オッケー。あ、ちょい待ち」

周が、ほどけかけていた円のエプロンの紐を結び直す。

「なーんか……雰囲気《ふんいき》甘くなぁい？　新婚家庭みたい」

夏美の言葉に円はどきっとなるが、

「そら、俺とエンちゃんは兄弟になってまだ半年経《た》ってへんからな。新婚みたいなもんや」

「えっ⁉」

と、襖《ふすま》を開け放して台所とつづきになった和室にいた全員が、周と円に注目した。

「ぜんぜん似てへんやろ？　親父が再婚して、エンちゃんは弟になったんや」

円はおやと思う。隠しているのかと思ったら、周はあっさりとそれを口にした。

「だからエンちゃんは大阪弁じゃないんですねぇ」

「ちょこっとずつマスターしてるけどな」

周がちらっと顔を見たので、円は瞳に動揺《どうよう》の色を浮かべた。

馬鹿……やめてよ。

「えー、エンちゃんの大阪弁聞きたぁい。なに覚えたの？」

「あのな…」

嬉しそうな周の表情を見て、円の心臓はどきんと跳《は》ね上《あ》がる。周はきっと「好きやねん」と言うに違いない。

「ほかしっ」

円が大声で言ったので、部屋の中が一瞬しんとなる。

「やだ……なにそれ」

「えっと、〝ほかし〟は〝ほかす〟って動詞の命令形で……ほかすは捨てるって意味で…」

円はまじめに説明をしたが、夏美はぶっと吹き出し、男子部員たちも一拍《いっぱく》遅れで爆笑した。

「意味じゃなくてー、いろんな言葉あるのにどうしてほかすなのぉ？」

「コーチ……エンちゃんって天然入ってません？」

和室のほうに坐《すわ》っている男子部キャプテンの前島《まえじま》が、笑いを堪《こら》えながら言う。

男バス部員はアイドル系のルックスの男子が揃《そろ》っていると評判だが、その中でも人気ナンバーワンの前島にエンちゃんと呼ばれるのは悪い気はしない。

が、天然と言われるのは嬉しくない。天然……ボケってことでしょ？

「おかげで毎日笑かしてもらってる」

「周っっ」

円が周に噛みついたので、

「あれ……エンちゃんって怒るんだ」

マネージャーの宮地《みやじ》が、眼鏡《めがね》をずり上げながら意外そうな顔をする。

「怒るよー。俺なんか怒られてばっかりや」

「そうなのぉ？　朝、先生といるとき声かけても、なんか恥ずかしそうに小声でおはようございますとか言ってるから……」

夏美の言葉に、祐子がそうそうと相槌《あいづち》を打つ。

「お姉さんたち、みんなエンちゃんとお話したいのに、近づくとさっとコーチの陰に隠れちゃうしねぇ」

だって、似てないのに似てる似てるって言われるから……。

「おとなしそうに見えるけど、やっぱエンちゃんはまどかちゃんなんだな」

「……？」

言葉の意味がわからず、円はきょとんと前島を見た。

「あ、まどかちゃんといえば、夏目先生のサイン欲しいなぁなんて……」

と言いながらスポーツバッグから、前島が色紙を取り出す。

「なんやキャプテン、俺のファンやったんか？　照れるなぁ」

「違いますよっ。サイン欲しいっつったら、夏目リツ先生のほうに決まってるでしょ」

「わかっとるわ。アメリカンジョークや。締切り終わったらもろといたる。それより、合宿の練習メニューのことやけど……」

前島から色紙を取り上げると、周はまじめな顔でミーティングを始めた。

どこがアメリカンジョークなんだよ……。円は小さく肩をすくめた。

でも、なんか周、わざと話そらさなかった？

「井上《いのうえ》、そこのペットボトル取って」

「は、はいっ」

しまった。と思ったときには、隼人《はやと》より一瞬早く返事をしていた。部員たちはスプーンやグラスを持った手を止めて円を見つめ、隼人は例のごとく鋭《するど》い目でにらんでいる。

「井上はエンちゃんの旧姓《きゅうせい》や。まだ日浅いし、夏目よりそっちに反応してしまうよなぁ」

周が円に笑いかけると、部員たちはすぐになるほどという顔をした。

円はちらっと隼人を見る。わかってくれた……よね？

「……」

円はびくっとして目をそらした。

間違えて返事をしてしまう理由《わけ》がわかったはずなのに、隼人はまだ円をにらんでいた。

「周……飲み物足りなくなったから、ちょっと買ってくるね」

気まずくなった円は、空になったペットボトルを見てそそくさと立ち上がった。

「重いやろ。いっしょに行くわ」

周が腰を上げようとする。

「だめだよ。ミーティングにコーチがいなきゃ意味ないじゃん」

「ほな、誰か一年、荷物持ちに行ったって」

「周、ひとりで大丈夫だって…」

「俺行きますっ」

そう言って立ち上がったのは、円の天敵――井上隼人だった。

近寄るなって言ってたくせに……。

飲み物の入ったガラス張りの冷蔵庫の前、黙ってコンビニまでついてきた隼人をちらっと見上げる。

「そういう事情あるなら、さっさと言えよな」

やっと口を開いた隼人が不機嫌な声で言ったので、

「何度も話そうとしたのに、聞いてくれなかったのそっちじゃん」

円は不愉快そうに答えてやる。

「……ごめん」

隼人は意外にも、というか唐突《とうとつ》に、いつもと別人のようなやわらかな表情を見せた。

「俺のほうにも……事情あってさ」

「事情？」

「男とラブラブだって言われるのが嫌だったんだ」

それって、事情じゃなくて事実じゃん。嫌なのが普通だよ。

納得しながら、円は思わず視線を足元に落とす。

「俺にはそういうの、冗談になんないからさ」

「え…？」

円は顔を上げて隼人を見た。

「マジなこと、冗談にされるってつらいじゃん」

「……」

円は大きく目を瞠《みは》った。

「そんな露骨《ろこつ》に驚いた顔すんなよ」

「あ、ご、ごめ…」

「謝られるのも、なんか傷つくよな」

「ごめ……あ、えと……」

答えに困る円を見て、隼人は小さく吹き出した。

「こんなこと聞かされたら、誰だって困るよな」

そんなことないと首を横に振ったが、これでは気休めにしかならない。そんなことあるけど、そんなことないって言うしかない――そんなふうに受け取られるだろう。

「こっちこそごめん。もっと早く話聞いてればよかったよな」

素直に謝ってくれる隼人に、円の胸に微《かす》かな罪悪感が湧《わ》いてくる。隼人にだけ言わせて、自分のことを隠しているのは卑怯《ひきょう》な気がした。

円は視線を上げて隼人の目を見た。

「僕、社会人の男の人とつきあってるんだ」

「え…?」

隼人も円の目を見た。

「だから……井上の気持ちわかる」

「マジ?」

円はこくんとうなずいた。

「マジマジマジ?」

隼人は円の両肩をつかみ、顔をのぞき込んでくる。

「ちょっと……」

急になれなれしい態度になる隼人に、円の瞳が戸惑《とまど》いに揺《ゆ》れる。

「可能性なくないってことだろ?」

「可能性……?」

「マジだから、冗談にされたくないって言っただろ」

「うん」

「うん、じゃなくて……おまえのこと好きだって言ってんの」

「……」

円の手から、ジュースのペットボトルがごとりと鈍い音をたてて床に落ちた。

隼人はボトルを拾うと、「じつはさ……」と言った。

入学式の日、周の〝弟のエンちゃん発言〟のとき、名前を呼ばれて思わず立ち上がってしまった円にひと目惚《めぼ》れしたのだという。

「馬鹿にしてんの？」

円は目の下を赤くして隼人をにらんだ。

「告《コク》ってんの」

こいつ、人のことオモチャにしてる。

円は露骨に嫌な顔をした。隼人に迷惑をかけて嫌われていることを、入学以来ずっと気に病《や》んでいたのに……。

「そんなの信じられない。あんなに邪険《じゃけん》にしてたくせに…」

「好きな子はいじめる。これ恋愛の基本だろ？」

「……小学生以下ならね」

円は呆《あき》れ顔で、隼人からペットボトルを取り返す。

「じゃあ、これからは大人バージョンでいくよ」

隼人は真《ま》っ直《す》ぐに円の目を見た。

「好きだよ、円」

「……」

　ストレートな隼人の言葉に、円は思わず赤くなる。

「その反応は、可能性あり？」

「ないよ。つきあってる人いるって…」

「社会人だろ？　毎日学校で逢える俺のがぜんぜん有利《ゆうり》じゃん」

「……」

　毎日家でも学校でも逢える人だよ。と、言うわけにはいかず……。

　ため息をつく円に、隼人が「円って呼んでいいだろ？」と訊く。

「もう呼んでるじゃん」

「俺のことは隼人って呼んでいいよ。井上って自分の名前だったから呼びにくいだろ？」

　そのとおりなので、釈然《しゃくぜん》としないまま円はうなずいた。

「困ってる困ってる。その顔に惚《ほ》れたんだよな、俺」

　もう……あのときの話はやめてほしい。

「でもって、こないだ逆ギレしたときの顔にトドメ刺されたね」

　円は「はぁ？」と隼人を見た。

「怒った円、めちゃくちゃ可愛《かわい》かった。惚れ直した」

「馬鹿みたい。そんなのに普通は惚れないよ」

新発売

「なにに惚れるかは、そいつの個性じゃん。人の気持ち、普通じゃないって否定すんなよ」

「……」

それはそうだ。普通じゃないって言われること、自分が一番嫌なくせに……。

円はしゅんとうなだれる。

「参ったな。思うつぼじゃん。俺、円の困った顔好きだぁ」

「なにそれ……」

わけわかんない。日本語で東京の言葉なのに、意味不明。だいたい、好き好きって、ずっと無視してて何分か前に和解したばっかかなのに、なんでこんなに簡単にその単語言えるわけ？　周にそれを言うまでに、いったいどれだけ苦労したか……。

軽いっていうか、なんていうか……。

円はちらっと隼人の顔を見上げた。どこまで本気で言ってるんだろ。

「友達からなんてまどろっこしいの嫌いなんだ。俺が円に惚れてるってわかってて、つきあってくれよな」

隼人がさらりと言ったので、

「友達は嫌で、惚れてるってわかっててつきあうって、いったいどういう関係なわけ？」

円も冗談っぽく返す。

「円が好きな名前つけていいよ」

いいよって言われても……。

隼人の直球攻撃に、円はため息をつくしかない。

けれど、このポジティブさは尊敬に値《あたい》するかもしれない。相手がいると知っても少しもメゲてないのはすごい。自分は、周の定期入れの中にきれいな女の人の写真が入っているのを見ただけで、すべてをあきらめてしまったというのに……。

『好きだよ、円』

でも、おかげで問題が増えてしまった。

和解できたのは嬉しいけれど、もしかしたら、嫌われて避けられてるほうがラクだったのかもしれない。

2リットルのペットボトルを胸に抱《かか》え、円はふっとため息をついた。


『大人の彼氏に言っといてよ。俺負けませんからって』

帰り際《ぎわ》に、隼人は円の耳元でそんなことを囁《ささや》いた。

言えるわけないじゃん……。

あんなに周に口止めしておいて、自分から同じクラスのやつにばらしちゃったなんて……。

それに、周に言ったらまた、俺が脅《おど》して口止めしてやるとかなんとか言いだすに決まっている。そうなったら、絶対に話がややこしくなる。

それでなくても問題が多いのに、これ以上は無理。ノーサンキューだ。

ため息をつきながら、食い荒らされた皿を片づけるため、円はエプロンをつけた。

「エンちゃん、疲れたやろ。後片づけは俺がやるからええよ」

「ううん、ちっとも疲れてない」

大人数の料理は大変だったけれど、みんなにおいしいと言ってもらえて嬉しかったし、カメラが趣味の宮地が記念写真を撮《と》ってくれたりして、部活に参加してるみたいで楽しかった。

「まぁ、そう言わんと」

周は円の腰の結び目をほどくと、はずして首の紐を頭からかぶる。

「似合う?」

ラップの細長い箱を手に、周は首を傾《かたむ》ける。

「似合う似合う」

堀ちゃんよりは……ね。

円のしているエプロンは母が自分が使うために買い揃《そろ》えていたものなので、デザインはシンプルだけれどサイズは女性用で、色もピンクやオレンジといった淡い暖色《だんしょく》系が多い。顔も身体もごつい堀江がピンクのエプロンをちまっとつけている姿は、可笑《おか》しいを通り越して逆に可愛かったりするのだけれど……。

円は笑いながら周の後ろに回り込み、エプロンの紐を結ぶ。

なかなかエッチできない負け惜しみみたいだけれど、ふと、こんな穏やかな時間を共有できる恋人っていうのもいいなと思ったりする。

なのに、今度は急に、広い背中にしがみつきたくなる。

周にそういうことを言わないでと怒りながら、つぎの瞬間、周に抱かれている自分を想像していたり……。

僕ってやらしー……。

結んでしまった紐をいじりながら、円はひとりで赤くなる。

「どしたん？」

振り返った周が顔をのぞき込むと、円はしおらしく首を横に振った。

が、周がラップを広げて切ろうとするのを見て、

「あっ、ちゃんと押さえて切ってよ。周が使ったら、いっつも切れ目わかんなくなっちゃって困るんだからっ」

いきなり可愛くないことを口走ってしまう。

そんな円を、周は目尻を下げて見つめている。

「怒られたのに、なんで嬉しそうな顔してるの？」

「嬉しいから」

「……ヘンなの」

母さんに同じことを言ったら、『あんたは小姑《こじゅうと》みたいにうるさい』と逆に怒られたのに……。

なんか……。

円はちらっと周を見上げた。

周って、暴投《ぼうとう》しても上手に受け取めてくれるキャッチャーみたい。


「なに隠したんだよ？」

夕食会から数日後の朝、円が教室に入ってくると、隼人があわててなにかを机の中に隠すのが見えた。問い詰めると、「アイドルのナマ写真」だと嬉しそうな顔をする。

「ふうん……」

なんか意外。隼人ってそういうの興味ないのかと思ってた。

でも、それって男？　女？

「見たい？　すっごい可愛い子だぜ」

あわてて隠したくせに、隼人は見せたくてたまらないという顔をしている。

自分の気を引こうとしていることがわかり、円は関心のないふりをする。

「芸能人とか興味ないもん」

「あれ、妬《や》いてる？」

円はじろっとは隼人をにらんだ。

「円ってさぁ……大阪人にまみれて暮らしてるのに、なんでそうなわけ？」

「そうってなんだよ」

「せっかく可愛いのに、んなこわい顔でマジギレしないで、軽いノリで『なんでやねん』って
……さぁ」

隼人は漫才《まんざい》のつっこみの型をやってみせる。

「お笑い芸人じゃないもんっ」

「大阪の人って全員お笑い芸人だって聞いたことあるけど、あれマジ？」

「そんなわけないじゃん」

馬鹿じゃないの。ぷいと横を向く円に、

「だからぁ、そこですかさずなんでやねんってつっこまなきゃ」

「うるさいなぁ。隼人、僕とお笑いコンビでも組みたいわけ……あ、」

写真を目の前に出されて、円は口を「あ」の形にしたまま固まった。

「円とツーショットになれるなら、お笑いコンビでもいいかな」

「な、ななななにこれ……」

「俺のアイドル」

「どうしたのっっ⁉」

あわてて隼人の手から取り上げる。

それは、ピンクのエプロンをした円のバストショットだった。

写したのは、もちろん男バスのマネージャーの宮地だ。

部員たちと何枚か記念撮影をしたが、こんなのを撮られていたのは知らなかった。

「買ってるのほとんど女子の先輩だけど、男の先輩も可愛いってけっこう買ってたぜ」

僕はバスケ部のオモチャじゃないんだからなっ。写真を持つ円の指に力が入る。

「馬鹿、破くなよっ。一枚五百円なんだぞっ」

五百……円？　円は写真を見つめる。

「これ……売られてるの？」

「だから、みんな買ってるって言って…」

「買うなっっ」

隼人を怒鳴りつけると、円は写真を持って走っていった。


「どしたん？　職員室に逢いに来てくれるなんて珍しいな」

隣の席にほかの先生がいるのに、逢いに来るなんて言い方をする周に、円は眉をぴくりとさせた。が、気を取り直して、まじめな声で話を切りだす。

「バスケット部のことでお話があります」

「えっ、入部したいん？　ええよ。大歓迎や」

周は、ちらかった机の上の書類をガサガサと探りだす。

「先生、勝手に話を進めないでくださいっ」

「こわいなぁ……どしたん？」

「これ見てくださいっ」

円はエプロンをした自分の写真を、周に突きつけた。

「よう写ってるやんか。宮地のやつ、ええ腕してるよなぁ」

「そういうことじゃなくてっ、やめるように先生から注意してくださいっ」

「俺は、自分の才能で稼《かせ》ぐんはええことやと思うけどな」

「いいとか悪いとかじゃなくて、嫌なんだってばっ」

周の隣の席の女性教師にちらりと見られ、円は語尾を「……なんです」と言い直す。

頭にき過ぎて、思わず家での素《す》の会話になってしまった。

「こないだ言うてたことと話がちゃうんとちゃう？」

「ちゃう……ちゃう？？？」

混乱する円に、周は苦笑しながらたしなめるように言った。

「話が違うやろって。嫌やったら自分で言わな。こないだ保護者に言うてもらうなんてあかん言うてたやんか」

「それはそうだけど……」

「とにかく、俺からは言われへん」

いつになくきっぱりと円の申し入れを断る。

いつもなら自分が言ってやるとか、よけいなお節介《せっかい》を焼こうとするくせに……。

「どうして……」

円が情けない声を出すと、周はにっと歯を見せて笑った。

「俺も買《こ》うてしもたから」

「……」

円はかくんと肩を傾けた。

ははっと笑い、周が定期入れを見せる。中には隼人が買ったのと同じ写真が入っている。

「なに考えてんのっ。こんなの学校の近くの駅や校内で落として、生徒に拾われたらどうするんだよっ」

職員室だということを忘れて、円は激しく抗議する。

「こんな大事なもん落としたりせえへん」

「落としたことあるくせにっ」

「……？」

周は、大学生のとき、落とした定期入れを拾って駅に届けてくれたのが円だと知らない。

「じゃなくて……落とす可能性だってあるでしょっ」

「大丈夫やって」

「うそっ。周は考えなしな行動が多過ぎるよっ」

「はい。すんません」

と言いながら、顔が笑っている。

「ぜんぜん顔が反省してないっ」

ぷっと吹き出したのは、周の隣の女性教師だ。

「きゃー、祥子《しょうこ》センセー助けてー。エンちゃんが変身するー」

周はふざけて、祥子先生の腕にしがみつく。

セクハラにならないのかとどきっとしたが、

「あら、怪獣になるところ見たいわ。してしてー」

楽しげなリアクションを返され、円はキレそうになった。

「失礼しますっ」

一礼すると、円は早足で職員室から出ていった。

信じられないっ。

職員室でまで、僕のこと怪獣って言ってるなんて……。

なんであんな、家でも学校でもそのまんまなんだろ。

ばれて困るのは周も同じ……ううん、もっと困るはずなのに……。

なんで僕ばっか、こんなはらはらしなきゃいけないわけ？


周をクビにしてやった。

タダで勉強を見てもらっていたから、クビもなにもないのだけれど……。

これからは母さんにもらったテープで勉強すると言って部屋に入り、ヤケでシャドーイングを二時間やったら声が嗄《か》れて、顎《あご》と舌が筋肉痛になった。

普通は一回五分くらいが限度なのに、馬鹿なことをしてしまった。

のろのろとパジャマに着替え、痺《しび》れたようになった頬を両手で押さえ、円はぱたりとベッドに倒れ込む。

目を閉じると、なぜかふっと、ケンカの原因になった周の定期入れを思い出す。

すると、連想ゲームみたいに、駅にまつわる場面が浮かんできた。

ホームに舞っていた白い桜の花びらや、泣いていた青い目の小さな女の子、身体を屈《かが》めて話しかける周の笑顔などが、アルバムを繰《く》るように順番に見えてくる。

そして最後に、周の定期入れを拾った日のことが、泣きたいような胸の痛みといっしょに鮮《あざ》やかに蘇《よみが》る。今では笑い話だが、亡くなった母親の写真だとも知らず、きれいな彼女がいると思って勝手に失恋し、いっしょに暮らすようになってからもしばらくはその痛みを抱えて苦しんでいた。

あの定期入れに、今は自分の写真が入っている。

周の不用意さを責めるのに夢中で、すっかり忘れていたけれど……。

これって、ほんとはすごいことなのかもしれない。

夢が叶《かな》っているのに、どうして怒ったりしたんだろう。

どんなにそれが欲しかったかを、こんなに簡単に忘れてしまうなんて……。

夢が叶ってる今、それを感じなかったら……。

円はがばっと起き上がると、部屋から出ていった。

そして、周の部屋の前で小さく深呼吸をする。

ドアを少し開け、中にいる周に声をかける。

「周……入っていい？」

どうぞと言われて、パジャマのままおずおずと入っていく。

周は仕事をしていたらしい。椅子をくるりと回してこっちを向いているが、机の上に開かれたノートパソコンの画面には英文が並んでいる。

「それ、何回聞いても照れるなぁ……」

「なにが？」

「この家で、入っていいなんて訊くのエンちゃんだけやから」

周の言葉に、円は赤くなってパジャマのボタンをいじる。

「どうしたん？」

「あのね……」

怒っちゃったけど、ほんとは定期入れに写真入れてくれてたの、すごく嬉しかった。

それが言いたくて……。

「……おやすみなさい」

なぜか、口からはそんな言葉が出てきてしまった。

「そんだけ？」

「う、うん。おやすみなさいは大事でしょ？」

馬鹿……。なんで思ってることと違うこと言っちゃうわけ？

周にいっぱい生意気なこと言うくせに、なんでこんなことが言えないの？

「……そやな。おやすみ」

「うん」

円が部屋を出ようとすると、周が腕をつかんで引き戻す。

「勉強熱心はええけど、あんまりむちゃくちゃやったらあかんよ。声嗄れてるやんか」

「気をつける」

「喉《のど》、大事にせな。将来これが商売道具になるんやろ？」

商売道具か……。ほんとだね、と円は笑った。

「家庭教師……やっぱりやってくれる？」

今度は素直に言えた。

「もちろんやるよ。エンちゃんが勝手にクビ言うただけで、俺はやめてへんもん」

周の笑顔に、円もほっと口元に笑みを浮かべる。

と、周が円の腰を抱き寄せる。

「おやすみもやけど、これかて大事やろ？」

うなずく間もなく、腰を持ち上げられ、周の顔が近づいてくる。

「……ちょっと待って」

「なに？」

「シャドーイングやり過ぎで、舌つりそうなんだけど……」

円がまじめに訴《うった》えると、周はくすっと笑った。

そして、「ほな、軽いやつ」と言って、やさしいキスをくれた。

4

「Hello everybody!」

教室の扉を開けた英語教師に、きゃーっと女生徒たちの悲鳴があがる。

「どもども、おじゃましますー」

「……!」

絶対に教室では会うはずのない人が突然現れ、円《まどか》の心臓はどきんと跳《は》ね上《あ》がった。

「あ、教室間違えたんちゃうよ。オーラルの南《みなみ》先生が風邪で早退されたんで、代講《だいこう》さしてもらいます」

きゃあきゃあという嬌声《きょうせい》で教室は大騒ぎになる。

「必要ないみたいやから、自己紹介は省略な」

そう言って、周《しゅう》は黒いフレームの眼鏡《めがね》をかけた。

どうしよ。心の準備が……。

教壇《きょうだん》に立っている周を見るのは初めてだった。どんなふうに授業をしてるのかといつも気になっていた。一度は見てみたかった。でも、いきなりは困る。

「えーと……」

周が出席簿を開いたので、円はまたどきっとした。

出席を取るとき、周は生徒をファーストネームで呼ぶと聞いていたので、周が自分のことをマドカと呼ぶのだろうかとドキドキして待つ。が、周は教室を見回し、「だいたい揃《そろ》っとるな」と言って、自己紹介と同じに省略してしまった。

ちょっとほっとし、ちょっとがっかりする。

「ほな、四十五分間、楽しくやろな。Are you ready guys?」

楽しくやろう、なんて言う先生は初めてだ。「Ready!」「Ready!」という声といっしょにパチパチと拍手《はくしゅ》が起こる。こんなことも珍しい。

「OK,Repeat after me」

周がスキットを読みだすと、あちこちから女の子のため息が洩《も》れる。

そう……これにだまされたんだ。

桜の花の舞い散る駅のホームで、周がきれいな英語で青い目の女の子に話しかけるのを聞いて……。ひと目惚《ぼ》れして、通訳になろうと決めてしまった。

だから、初めて紹介されたとき、大阪《おおさか》弁なのでびっくりした。

好きやねんって言われて、よく聞いたら夏目《なつめ》まどかという名前のAV女優が好きだって話で、おちゃらけたノリで冗談ばっかり言って、初対面なのに人をからかって喜んで、勝手に抱いていた王子様なイメージをガラガラに崩してくれて……。でも……。

すぐに、もっと好きになってしまった。

「ちゃうちゃう。間違い電話はwrong number. long言うたら、長い電話番号やんか」

周の冗談めかした説明に、教室のそこここでくすくす笑いが起きる。が、円だけは違うことで笑っていた。

英語もちょっと間違えると意味が違ってしまうけど、大阪弁だって……。

ちゃうちゃうって最初聞いたとき、マジで犬のチャウチャウのことかと思ったもんね。

なんで急に犬の話になるのって訊《き》いたら、犬とちゃうちゃうってみんなに大笑いされたっけ。

「夏目先生、個人的な質問していいですかぁ？」

最前列の野崎由美《のざきゆみ》が、自慢の長い髪を耳にかけながら、首を傾《かたむ》けて悪戯《いたずら》っぽく言った。

「OKやけど、Englishで頼んます」

きれいな発音の英語と大阪弁をミックスした周の会話は、クラスを自然にリラックスさせている。ろくな発音じゃないくせに、なにがなんでも英語しかしゃべらない南の授業は雰囲気《ふんいき》がピリピリして楽しくない。日本語で訊かないと話が進まないときまで無理に英語で言わせようとするから、無駄な時間とよけいな緊張感が授業を停滞《ていたい》させてしまって、円はいつもイライラしてしまう。

でも、周の授業は笑ってばかりなのに、テンポよく進んでいる。

初めてのクラスなのに、周は最初の一分ですっかり自分のペースに生徒を乗せしまった。

「えっと、Will you tell me…」

「ちょい待って。その言い方、めっちゃえらそうやん。日本語にしたら、『なになに話してんか』になってまうよ」

というより、周が和訳すると日本語はみんな大阪弁になってしまう。

円は下を向いてくくっと笑った。

「Could you tell meなになにでもええけど……この場合やったらMay I ask youなになに、訊いてよろしいですか言うたほうが、絶対に無難《ぶなん》やな。人にもの頼むとき日本人はよう使うけど、will youなになには、依頼より命令に近いいうの覚えとったほうがええよ」

訂正するときも周はやさしい。家庭教師のときも、「わからへんから習ってるんやから、思いっきり間違えてええよ」といつも言っている。

「えっと……May I ask you a private question?」

「Excelent! Go ahead!」

「じゃあ、遠慮なく。How type of girl do you like?」

「気持ちはわかる。そやけど、Howやなくて、Whatにしてな」

「んもう、うざーい。先生、どんな子がタイプか教えて」

「おまえなぁ……」

英語を使えと叱《しか》るのかと思ったのに、

「俺みたいな悪い男に惚れたら、泣くことになるよ」

周は由美の机に片手をつき、前髪をかきあげながら芝居がかった声で言う。

「先生って悪いんですかぁ」

「具体的にどう悪いんですか？」

ほかの生徒たちも英語など無視して、日本語でここぞとばかりに質問を浴びせる。

快調に始まったはずが、開始十五分で、英会話の授業は、夏目周先生とお話する会になっていた。

「二年の先輩に聞いたんですけど……恋人いないって嘘ですよねぇ？」

「モテへんようになるから言われへん」

「えーっ、やっぱいるんだぁ」

円はどきっと顔を上げる。

「どんな人ですかぁ？」

「そんなん、タダでは教えられんな」

「お昼おごりまーす」

「二年の女子には絶対に内緒《ないしょ》やぞ」

迷わず買収《ばいしゅう》される周に、円は頭を抱《かか》える。

「おっきい丸い目とちっちゃいキバが可愛《かわい》いて、怒らせると急に凶暴《きょうぼう》になるけど、そこがまた可愛いっちゅうか……」

頭を抱えたまま、円はぎょっと目を見開く。

「それって、なんか子供っぽくない？」

「あー、まさか生徒だったりしてー」

「ドキ」

と周は胸を押さえる仕種《しぐさ》をする。でも、本当にどきっとしたのは、周ではなくて円だった。

「じゃーん。じつはマイハニーの写真、こん中に入っててんねん」

「周っっ」

音をたてて円が椅子から立ち上がったので、教室はしんとなってしまった。

またやってしまった。入学式のときと同じこと。

でも、あの定期入れの中にはエプロンをつけた僕の写真が入ってて……。周お願いだから……。

「Any question?」

周がすました顔で訊いたので、

「……」

円は黙って首を横に振り、すとんと椅子に戻った。が、

「もーらいっ」

由美が周の手から定期入れを取り上げるのを見て、「だめっっ」と叫んでしまった。

「あー、エンちゃん誰なのか知ってるんでしょ？」

「……」

円は返事に詰まり、由美は定期入れを開いてしまう。

「やだ……」

由美が顔色を変えるのを見て円は脱力し、教卓のまわりに集まってきた女生徒たちはつぎつぎに定期入れの中をのぞき込む。大胆に足を見せたミニのプリーツスカートの集団に囲《かこ》まれ、周はすっかりただのお兄さんになっている。

「先生ったら、なにこれー」

「でも可愛いー」

「そうやろ？　めっちゃキュートやろ？」

「えー、キモーい。私、こういうのだめー」

なぬ、と円は顔を起こした。学年一の美少女と言われている河合《かわい》めぐみが、写真を見て赤い舌を出している。

「おまえなぁ。ちょっと可愛いからって、人の彼女になんちゅうことを……」

彼女……？　円は目をぱちぱちとさせる。

「だってぇ、爬虫類《はちゅうるい》だめなんだもーん」

円は、へたっと机に突っ伏す。アオコだ……。

「はいはいご苦労さん。爬虫類嫌いの女はノーサンキューや」

両手で追い払うジェスチャーをする周に、めぐみは長い睫毛《まつげ》の大きな目で周をにらんだ。

「私べつに先生とつきあいたいなんて言ってませんっ」

「ええなぁ……俺、意地っ張りな美人は好きやねん」

「……」

周の殺し文句にめぐみは白い頬《ほお》を赤くする。が、柔道部のエースの赤井智子《あかいともこ》が華奢《きゃしゃ》なめぐみを太い腕で押しのけ、周に向かって両手を開いた。

「Mr. Natsume. 私すっごい意地っ張りですっ。Please, Try me!」

「おまえ、めちゃめちゃ素直やんか」

漫才みたいなやりとりに教室がどっと沸《わ》く。

周ってば、人のクラスだと思ってすっかりくつろいじゃって……。

ぜんぜん代理になってないじゃん。

でも、きっと周は、ふだんもこんな調子で授業をやっているのだろう。

世の中にはやりたくない仕事をしていたり、愚痴《ぐち》や不満ばっかり口にする人が多いのに、こんなに楽しそうに仕事をしている周はカッコいい。

それに、女の子に囲まれて笑ってる周はすごく自然に見える。

ここにいる誰も知らない。周が僕にキスしたり、抱きしめたりしてること。

もし知ったら……。

引くよね……。

たとえ冗談でも、周だって、アオコの写真じゃなきゃ見せられない。

そういう関係なんだよね。


「エンちゃん、元気？」

土曜日の夜、周が円の部屋のドアを開けながら言った。

「元気だよ……」

円は両手で小さくガッツポーズをしてみせる。が、いまいち声に元気がない。

咳《せき》をしたりぼんやりしているとみんなが心配するから、必要以上に元気なふりをしてしまう。

そのぶん、夜ひとりになるとぐったりしてしまう。

原因は目の前にいる男……というより、その男のことでもやもやしている自分のせいで。

「ほんまに元気？」

「うん……？」

「そらよかった」

「どうしたの？」

いきなり部屋に来て、元気なんて訊く家族はいないよ。

「外大のサークルの後輩が初舞台やから見に来てくれ言うねんけど、客入らへんかったら可哀《かわい》相《そう》やから、いっしょにサクラになってくれへん？」

「サクラ？　じゃあ、律《りつ》さんたちも誘ったほうがいいのかな」

なんて一応言ってみる。特別な理由もないのにふたりでさっさと出かけるというのは、なんとなく気が引ける。

「締切り前やから無理や」

「そっか……だめだよね」

残念そうな声を出しながら、思わず笑みが浮かんでしまう。

だって、これって……。

「ごめんな、ヘンなことにつきあわせて」

「ううん。僕、いっぱい拍手する」

たったこれだけのことで、胸の中があったかくなって本物の元気が湧《わ》いてくる。

「サンキュ。助かるわ」

サクラでもなんでもいい。ふたりで出かける理由ができた。

久しぶりのデートだ。

と、思っていたのに……。

日曜日の朝、周と手をつないでご機嫌《きげん》な顔をしているのは、同じ町内に住む五歳の幼稚園児の神山明《かみやまあきら》だった。

知りあったのは十分ほど前。周とふたりで駅に向かう途中、家の前で大声で泣いている子供を見つけた。

周が『どうしたん？』と声をかけると、明は幼稚園児の言葉で、家族で遊園地に行くはずだったのが、急に父親の仕事が入ってだめになったことを説明してくれた。幼児語を文脈から大人の言葉に訳してみると、明の父親は漫画雑誌の編集者であることがわかった。

『律みたいなやつがおって、明のお父ちゃんに迷惑かけたんやな』

明の頭を撫《な》でる周を見て、円は嫌な予感がした。

可哀相にと明に同情しながらも、円はその予感が当たらないことを祈った。

が、もちろん周は明の母親に交渉し、明を遊園地に連れていくことにしてしまった。

『わがまま言ったら、叱ってやってくださいね』

明の母親は申し訳なさそうに、でもほっとした顔で周に何度も頭を下げていた。

「エンちゃん、ごめんな。つい……」

駅に着くと周は頭を掻きながら言い、周得意の事後承諾《じごしょうだく》に円は苦笑するしかない。

ここでふくれたりしたら、ボランティアをひとりでデートだと思ってはしゃいでいたことがばれるし、子供の前で大人げない態度をとるのは恥ずかしい。

「子供連れで遊園地っていうのも楽しそうじゃん」

ちょっと引きつったかもしれないけど、ちゃんと笑えた。

「よし、出発」

「しゅっぱーつ」

明はすっかり周に懐《なつ》いてしまっている。

周は高校でも生徒に人気があるが、幼稚園の先生でも小学校の先生でもいけそうな気がする。

面白くて明るくて、頼れる雰囲気があるから、とくに子供には好かれるだろう。

でも……。

後輩の舞台を見に行くはずだったのに、見知らぬ子供のために行き先を遊園地に変更してしまうなんて……。

やさしいっていうより、子供好き？

もしかして自分のことも、子供好きの延長で好きになってくれたんじゃ……などと考えて、円はあわてて打ち消した。

子供にはあんなキスしないもんね……。

「ほら、明。エンちゃんが迷子にならんように、そっちの手つなぎ」

周が明に言ったので、円はあわてて明に手を差し出した。が、明はさっと手を引っ込め、周の後ろに隠れてしまった。

「なんや、おまえ気ぃ強そうな顔してんのに人見知りなん？」

周は面白そうに笑っていたが、明の態度に円はどきりとした。

子供は無垢《むく》だから、自分が胸の内で思っていることを感じたのかもしれない。

寛容《かんよう》なふりをして笑いながら、ほんとは周とふたりで行きたかったと、思いっきり思っていたから……。


明はよほど気に入ったのか、周の手を片時も放そうとしない。

周の長い指につながれた小さな手を見ながら、円は苦《にが》い笑みを浮かべた。

どっちにしても、外で手なんてつなげないからいいんだけどね……。

「つぎあれのるー」

明のために遊園地に来たのだけれど、すっかり周を持っていかれてしまい、無理に繕《つくろ》っていた寛容さに限界が来ていた。

肩車だのおんぶだのとつぎつぎに言いだす明に、周は嫌な顔ひとつせずタフにつきあってやり、それにひたすらついてまわっていたら気持ちだけでなく身体も疲れてきた。

遊園地の絶叫《ぜっきょう》マシンには強いほうだが、幼児向けの乗物につづけざまに乗ったせいか、乗物酔《よ》いっぽい目眩《めまい》がする。

「エンちゃん、行くよ」

「僕……もういい。ふたりで行ってきて」

円はぐったりした声で言った。

「ごめんな。エンちゃん、ジェットコースターとか乗りたいやろ？　幼児ＯＫのちまちました乗物ばっかりでおもろないよな。こいつ、犬みたいに紐《ひも》でくくって待たせとくわけにもいかへんし……」

困った顔をする周に、なぜか腹が立ってくる。絶叫マシンに乗れなくて拗《す》ねていると思われているのが悔《くや》しい。

こんな子供にヤキモチ妬《や》いてると知られるほうがもっと嫌だけど……。

「そうじゃなくて……」

「ん？」

「ちょっと気分悪い……」

「えっ、そらあかん。どっか涼しいとこで休も」

円は首を横に振り、周を見上げた。

「帰りたい……先に帰っていい？」

「なに言うてんの。ひとりでなんか帰されへん。みんなで帰ろ」

「大丈夫だってば。せっかく来たのに可哀相じゃない。周が言いだしたんだから、ちゃんと遊んで…」

突然、うわーんと明が泣きだした。

「ほら、周が帰るなんて言うから…」

「エンちゃん、かえっちゃやだぁ」

「え…？」

明に足に抱きつかれて、円は目を瞬《またた》かせた。

「おまえ……俺にまつわりついてたくせに、エンちゃんのファンやったんか？」

周の言葉に、明はこくんと素直にうなずいた。そして、小さな手で円の指をぎゅっと握って顔を見上げる。

「なんやなんや、エンちゃんに気ぃない顔して……いっちょまえに照れとったんか？」

明は大きくうなずいた。

なんか、この豹変《ひょうへん》ぶり……隼人《はやと》にそっくり。

「こいつ、アブナイなぁ……」

周の言葉に思わずうなずきそうになったが、

「なに言ってんの、こんなちっちゃい子相手に…」

「ちっちゃくないっ。すぐにおっきくなるもんっ」

明は両手を伸ばして、ぴょんぴょんと飛び上がった。

「すぐにべーべー泣くやつは、簡単には大きくなられへん」

周は明の頭を押さえつける。

「周ってば……やめなよ。大人げな…」

言いかけて、円は反省する。一番大人げないのは自分だ。

円は屈んで、明の目線になって言った。

「ごめん。僕ここで見てるから、周とゾウさんの飛行機乗っておいで」

「やだ、いっしょにいる」

「大丈夫。帰ったりしないよ。せっかく来たんだから、もうちょっと遊んでこ」

「エンちゃん、無理せんでええよ。って、エンちゃん元気なかったのに、こんなとこ連れてきた俺が悪いんやけど……」

「え…?」

周は曖昧《あいまい》に笑うと、円を木陰《こかげ》のベンチに坐《すわ》らせた。

「俺なんか飲むもん買ってくるから……明、エンちゃんのこと見とってな」

「おれアイスっ」

周は明の額《ひたい》をこづくと、宇宙船の形をした売店へ走っていった。

宇宙船のまわりで銀色のUFOを形どったバルーンが揺《ゆ》れていて、光をきらきらと反射させている。眩《まぶ》しくて目が痛い。

なにやってるんだろ……。胸の奥から、苦い罪悪感がこみあげてくる。

周を試すみたいなこと言ってしまった。気分が悪くなったのは嘘じゃないけど……。

ひとりで帰るなんて言って、周がそれじゃあバイバイって言うはずがないのはわかっていた。

『エンちゃん元気なかったのに……』

周は、僕が落ち込んでたから誘ってくれたのに……。

円は両手で顔を覆《おお》って、うつむいた。

「きもちわるいの？」

顔を起こすと、明が円の前に屈んで心配そうに見上げている。

「もう平気……帰るなんて言ってごめんね」

「おれがついてるから、だいじょーぶだよ」

明はすくっと立ち上がると、円の隣にちょこんと坐った。

「おれのことすき？」

真《ま》っ直《す》ぐな表現だけでなく、ちょっと目尻《めじり》の上がったきれいな目や、意志の強そうな口元が隼人に似ている。五歳の頃の隼人は、こんな感じだったのかもしれない。

「好きだよ」

円はくすっと笑った。

「じゃあ、おっきくなったらケッコンしよ」

「えっ……」

円は大きく目を開いて明の顔を見た。

五歳って、結婚の意味わかってるのかなぁ……。

周とつきあってて、男同士だからだめだというのもヘンだし、子供にできない約束するのも嫌だし……。

真剣に悩みだす円に、明はきれいに並んだ小さな歯を見せて笑った。

「へんじは、おれがおっきくなってからでいいよ」

幼稚園児にプロポーズされてしまった。よくわからずに言っているんだと思うけれど、周が聞いたら、きっと大人げなく本気で怒るに決まってる。

「周にはないしょだよ」

「ゆびきりっ」

円は苦笑いしながら、差し出された小さな指に自分の指をからませた。

明は子供っぽいじゃなくて、子供らしい。

周が大人げないのは、本当は大人だから。

僕のことは大人げないとは言わない。単に子供っぽいだけ。


「ここ涼しいし、特等席《とくとうせき》やろ？」

三時になって、ヒーローショーが始まると園内放送が流れ、周は明と円に買ってきたポップコーンとオレンジジュースを手渡し、野外ステージの最前列の右端の席を陣取《じんど》った。

大きなケヤキが涼しい木陰をつくっているし、舞台もよく見える。

あちこちで揺れている原色《げんしょく》の風船。ポップコーンの香ばしい香りと、炭酸の入っていない甘ったるいジュースの味。自分の思い出の中には抜けているものばかりなのに、なぜか懐《なつ》かしい気分になってくる。

「負けるなー、ティラノーン！」

周が大声で叫んだので、円は赤くなって思わずまわりを見回し、

「なんでコスモマンじゃなくて、ティラノンのオーエンするの？」

ポップコーンを口に押し込みながら、明は疑問を訴《うった》える。

「怪獣《かいじゅう》好きやから」

「ワルモノだよ」

「好きやからええねん。ティラノン、がんばれー」

明につきあってではなく、周は思いっきり本気で楽しんでいる。

以前、上野の恐竜展《きょうりゅうてん》に行ったとき、恐竜の中ではゴジラのモデルのティラノサウルスが一番好きだと言っていたのを思い出す。名前からしてティラノンのモデルもティラノサウルスで、だからティラノンを必死に応援しているのだろう。

スパイラルになったストローをくわえたまま、円は思わず笑ってしまう。

二十三歳になっても怪獣でこんなに幸せそうな顔ができる人は、たぶん三十になっても、四十になっても……ずうっと死ぬまで、怪獣で幸せになれるんだよね。

「よかった」

円の手にしたカップからごっそりとポップコーンを取り出しながら、周が言った。

「な…なに？」

「怒っても泣いても可愛いけど……俺、笑ったときにちらっとキバが見える顔がいっちゃん好きやねん」

「……子供の前でヘンなこと言わないでよ」

円は目の下を赤くしてストローを噛《か》んだ。

「エンちゃんかて子供やんか」

「……」

周の笑顔に、今すぐに抱きつきたい気持ちと、突き飛ばして逃げ出したいような気持ちが胸の中でごちゃまぜになってしまう。

甘いジュースを飲んでいるのに、炭酸飲料を飲んだみたいに胸が痛い。

自分は中途半端《ちゅうとはんぱ》に子供なのがよくない。

明みたいにうんと子供か、もっと周と対等になれる歳だったら、こんなに混乱することはなかった気がする。

円はストローを八重歯で噛みながら、蹴《け》っ飛《と》ばしてやりたいほど好きな男の顔を見る。

どうしてこんな難しい恋しちゃったんだろ……。


周はほんとに感動したらしく、カーテンコールに応《こた》えてポーズを取るヒーローと怪獣たちに思いっきり拍手を送っていた。

円も拍手をした。行く予定だった後輩の舞台はどうなったんだろうと、満足そうな周の横顔を見ながら……。

「え…?」

ショーが終わると、周が応援していたティラノンがいきなり舞台から降りてきて、円たちにずんずん近づいてきた。

「うわぁっ」

ティラノンが周に抱きつき、明は声をあげて円の後ろに隠れた。

明と手をつなぎ、円は目を丸くして、ティラノンを抱きしめ返す周を見つめた。

ほどなく抱擁《ほうよう》は終わり、ティラノンが自分で首をはずすと、中から大学生くらいの青年が出てきた。

「夏目先輩、ほんとに来てくれたんですね」

初夏とはいえ、今日は晴天で気温も高い。着ぐるみに入って暴れたら、中は相当な温度になっているはずだ。くせのある前髪が渦巻《うずま》いたまま汗で額に張りつき、頰は真っ赤になっている。

「エンちゃん、こいつ外大の特撮研《とくさつけん》の後輩の水口《みずぐち》」

爬虫類研究会だけでなくて、そんなのもやってたんだ。驚いたのを表情には出さず、円は笑顔でこんにちはと挨拶《あいさつ》をした。

「ども、水口……いや、ティラノンで～す」

汗みずくの、けれど清々《すがすが》しい笑顔で水口は言った。楽しくて仕方がないという表情を見ていると、周の後輩だなぁと思ってしまう。と同時に、ティラノンに特別な声援を送っていた本当の理由がわかって、周のことがまた好きになってしまった。

とっくにすごく好きだけど、こんなふうにまた好きになる。

難しい恋をしてつらい、なんて弱音を吐いたばっかりなのに……。

「けど、驚いた。先輩……いつの間にふたりもお子さんつくったんですか?」

「アホ、弟や」

周は笑いながら、水口が抱《かか》えているティラノンの頭を叩いた。

「先輩って弟さんいましたっけ?」

「親父が再婚して、弟ができたんや。ええやろ?」

新しいオモチャを手に入れた子供みたいな顔をする周に、水口は「ええですね」と周の大阪弁を真似《まね》て言った。

円の顔から笑顔が消える。父親の再婚でできた弟で間違いじゃない。ほかに紹介のしようもない。なのに、胸の底がどんよりしてしまう。

周には絶対に言わないでとうるさいくらい言っているのに、周が弟だと紹介するのを聞いて、こんな気持ちになるなんて……。

「あ、こっちのチビはちゃうよ。ただのご近所のガキや」

「ガキじゃないっ。アキラだよっ」

明の矛盾《むじゅん》のない無邪気《むじゃき》さがうらやましい。

「ただの弟じゃないっ。恋人だよっ」と、思いっきり言えたらどんなにすっきりするだろう。

ここにいる自分と周以外のすべてのカップルが、手をつないだり肩を抱いたり……。

ふたりで遊園地にいるのに、恋人だということを堂々と表現できないことが、急にすごい不幸のような気がしてきた。

「ありがとうございましたぁっ」

大きく手を振るティラノンに見送られ、円たちは野外ステージをあとにした。

舞台の差し入れに花や菓子折りではなく、財布から裸の一万円札を出して『これが一番やろ』なんて渡す周は非常識だけど……カッコよかった。

「あ……」

突然気づいて、円は周のシャツを引っぱった。

「ねぇ、もしかして、サクラになってほしい舞台ってヒーローショーのことだったの？」

「今頃なに言うてんの？」

周は驚いた顔になり、円も自分のボケっぷりに唖然《あぜん》とする。

「舞台ってしか聞いてなかったから、明くんのために行き先遊園地に変更したのかと思ってたから……」

「まさか。なんでＶＩＰのエンちゃんとの約束、オマケのガキのために変えなあかんの」

「オマケじゃないよっ」

「オマケじゃ。おまえはビックリマンチョコのシールや」

周は明の額を指で押し、よろけた明の手を笑いながら引っぱった。

「ビップってなんだよ」

「怪獣の名前や。エンちゃんの口よう見てみ。ちっちゃいキバ生《は》えとるから」

「ちがうもんっ。うそつきっ」

「ほんまやっちゅうねんっ」

幼稚園児と対等に言いあっている周に、円はくすっと笑う。

このヒーローは派手《はで》なアクションで怪獣と戦ってくれたりはしないけれど、いつでもわからないように陰で助けてくれている。

日曜の遊園地のヒーローショーには家族連れが押しかけ、サクラなんて必要なかった。

これってデートだったんだよね。元気が出るデート。

オマケがついて、親子で遊園地みたいになっちゃったけど、正義の味方の条件は子供にやさしいってことだもんね。怪獣の味方もしちゃうのが困るけど……。

大丈夫……だよね。

障害が山ほどあるけれど、この恋には正義の味方がついている。

5

「数学初日かぁ……」

掲示板の前で期末テストの時間割を写していると、

「てっ……」

後ろからなにかで、ぽこんと頭を叩かれた。

「おまえんちって、動物好き？」

振り向くといきなり訊《き》かれ、円《まどか》はきょとんとした顔でうなずいた。

隼人《はやと》は「いかがっすか？」と言って、子猫の里親《さとおや》募集のポスターを広げた。

「わ……猫だ。可愛《かわい》いー」

子供のように目を輝かせる円に、隼人はくすっと笑った。

「猫好きなのか？」

「大好きっ」

「じゃあ、もう飼ってるか」

「ううん。好きだけど、マンションだったし、昼間誰もいない家だったから飼ったことないんだ。でも、子供の頃からずっと飼ってみたいなって……」

「今度の家は広い庭あるし、漫画家のお兄ちゃんたちが家にいるから飼えるじゃん」

「……」

隼人のセリフに、結婚前の母の言葉が重なる。

『今度の家は広い庭あるし、みんな動物好きみたいだから猫飼えるわよ』

そう言いながら、自分も動物好きの母は嬉《うれ》しそうだった。そのときも、猫で釣《つ》って結婚に賛成させようとしてるだろ、なんて憎まれ口をきいてしまった。

素直じゃないっていいことない。なのに、ちっとも直せない。

「……だめだよ。うちトカゲいるし……」

「トカゲって、こないだコーチが授業中に写真見せてた？」

「写真だとわかんないけど、あれってすごい凶暴《きょうぼう》な肉食の大トカゲなんだ」

「うそ、マジ？」

嘘。アオコは草食で、野菜や果物しか食べない。

「ちゃんとケースの中で飼ってるんだけど……周《しゅう》、すぐに鍵掛け忘れて、廊下とか歩いてたりするから」

そっか……と隼人は残念そうな顔をした。

「残念だけど……ね」

隼人はポスターを掲示板に画鋲《がびょう》で留めながら、しゅんとなった円に明るく言った。

「もらわれてく前にうち来て遊べばいいじゃん。ほかにもでかい猫もいるしさ」

「家族の人、みんな猫好きなの？」

「商売屋だからさぁ、招き猫《まねねこ》とか言って俺なんかより親に大事にされてるよ」

「へぇ……なに屋さん？」

「和菓子屋」

「ああ……だからこの名前」

猫の写真の下に書かれた名前を指でなぞり、円はくすっと笑った。

白、黒、茶トラの子猫には、それぞれの毛色に合わせて和菓子にちなんだ名前がついている。

「隼人がつけたの？」

「俺じゃねーよ。姉貴だよ。うちのも全員、ヨーカンだの、カノコだの、チマキだの……。

甘いもんは商売だけで勘弁《かんべん》してよって感じだよ」

「可愛くていいじゃん。周だったら絶対に怪獣《かいじゅう》の名前つけ…」

言いかけて、円は言葉を呑《の》み込《こ》むように黙ってしまった。

「どうした？」

小さく首を振り、円は子猫の写真を見つめた。

「この子たち、兄弟ばらばらにならないで、三匹いっしょに引き取ってくれる人見つかるといいなって……」

「それは難しいんじゃねーの。バラで一匹ずつじゃないとさぁ……」

「そうだよ……ね」

円が淋《さび》しそうに笑うのを見て、隼人はパンツのポケットからペンを取り出し、ポスターの一番下に『ただし、三匹まとめてもらってくれる人に限る』と書き足した。

「いいの？」

「好きなやつが悲しむことはしない。これ、大人の恋の基本だろ？」

「大人じゃないんだから、無理しなくてもいいのに……」

嬉しいけど困る。そんな顔で円は笑った。

「なんだよ。ちょっと大人とつきあってるからって…」

やめてよと言いかけて、円はどきっとする。その大人がこっちにやってくる。

「なにしてんの、エンちゃん？」

円は、近づいてきた周をあわてて掲示板から引き離す。

「夏目《なつめ》先生、エンちゃんはやめてくださいって…」

「隼人にいじめられてんのとちゃうん？」

「違うよ。もう誤解は解けたのっ」

幼稚園児のように兄に庇《かば》われているのを隼人に見られ、円は真っ赤になって抗議した。

「そうか。そらよかった。仲良うしてやってな」

円の気も知らず、周は嬉しそうに円の嫌いなフレーズを口にする。

「俺、負けませんよ」

「ん？」

ちぐはぐな返事に、周が怪訝《けげん》そうな顔をする。

「がんばりますから」

「ああ……今度の試合のことな。頼んだぞ、期待のルーキー」

合点《がてん》がいったのか、周は嬉しそうに隼人の背中を叩き、円に手を振って行ってしまった。

でも、今の『がんばります』は、試合のことだったんだろうか……。

それならいいけど……。

「一年なのにレギュラーなんだ。すごいじゃん。がんばってね」

焦《あせ》って早口になる円に、隼人はにやりと笑った。

「保護者の許可もらっちった。うーんと仲良くしような」

「……」

はぐらかされた。と感じたのは、考え過ぎだろうか……。

円が探《さぐ》るように目を見ると、隼人はあっさりと白状した。

「円とコーチって、血つながってないんだよな」

夏は日当たりのよすぎる屋上も、時計台の陰はコンクリートがひんやりとして涼しい。円は一応、周が上で昼寝をしていないか確かめてから、隼人とふたりで壁に寄りかかって坐《すわ》った。誰にも聞かれてはいけない話をするために……。

「ばれたら大変だよなぁ……。教師と生徒ってだけでもスキャンダルなのに、血がつながってないとはいえ、兄弟だもんなぁ」

隼人は、周が南《みなみ》の代理で英会話の授業に来たときに、周を見てひとり百面相《ひゃくめんそう》している円を見て気づいたらしい。つまり、自分でばらしてしまったという……。

「お願いだから……誰にも言わないで」

膝《ひざ》の上に弁当の包みを置いたまま、円は苦しそうに言った。

「あ……それって超ショック」

「え…？」

「とっくに秘密を分かちあってる仲なのに……俺って、円に、好きなやつが困るってわかってることとするようなやつって思われてるんだ」

隼人は菓子パンの袋を破ると、怒った顔で噛《か》みついた。

いつも人に言われてから、考えなしな自分の発言を後悔する。

円はうなだれ、紙パックのウーロン茶のストローを折り曲げた。

「馬鹿……怒ってないよ」

「……ごめん」

「ふうん……そんなに悪いって思ってるなら、取り引きしてやろうか？」

「取り引き？」

「その板前弁当食わしてよ。そしたら、許してやる。ってのどう？」

「うんっ」

円はほっと笑顔になって、隼人に弁当の包みとウーロン茶を渡す。

「やった」

嬉しそうに受け取ると、隼人は購買部《こうばいぶ》で買ってきたミックスサンドといちご牛乳のパックを円に押しつける。

あまり食欲のない円は、いちご牛乳のパックにストローを挿して口に含んだ。

「けどさぁ、円ってちっちゃくて可愛いのに勇気あるんだな」

「よけいな形容詞つけないでくれる？」

「ほんと、勇気あるよ」

隼人はまじめな顔になって言い直す。

「俺だったら、そんなリスクの大きな恋愛、こわくてできないよ」

「だから、ばれないようにこうやって苦労して隠してるんじゃん」

「リスクの意味、わかってる？」

「リスクくらいわかるよ」

円はストローをくわえたまま、じろっと隼人を見た。

「円はばれることばっか心配してるけど、家庭内恋愛なんて、もし恋愛関係が壊れたときどうすんの？」

「え…？」

「そのあとも、家族としての関係はつづいてくわけだろ？　人に知られるとかそんなことより、そっちのほうがこわくない？」

「……」

円の手から、いちご牛乳のパックがごとんと落ちた。

そんなこと考えたことなかった。

隼人に言われて、今初めて、そういう可能性があることに気づいた。

「そんな計算どおりに落ち込まれると、罪の意識感じちまうじゃん。冗談だって」

隼人は笑いながら、円に拾ったいちご牛乳を差し出す。

冗談だよって、ぜんぜん冗談じゃないよ。

円は膝を抱《かか》えて顔を埋《うず》める。

「んな悩むなよ。だめになんなきゃ、問題ないんだからさ」

「だめになればいいって思ってるくせにっ」

「思ってないって。また井上姓《いのうえせい》になってくれたらいいなぁとは思ってるけど」

円はキッと隼人をにらんだ。

人の苦悩の上に重荷を上乗せしておいて、笑ってんじゃないよ。

「怒るなよ。円があんまりコーチにスキスキ光線《ビーム》出してるから、ちょっといじめてやりたくなっただけなんだからさ」

「スキスキビーム？」

円はきょとんと目を見開き、その表情に隼人もぽかんとする。

「うそ……マジで兄貴の漫画読んだことないの？」

「消しゴムかけしたときに原画《げんが》は見たことあるけど……ちゃんと読んだことは……」

隼人は肩をすくめて笑い、

「円って……やっぱまどかちゃんだわ」

バスケ部のキャプテンの前島《まえじま》と同じことを言った。

「なにこれっっ」

いきなり大声を出したので、商品を補充《ほじゅう》していたバイト青年が訝《いぶか》しそうに円を見た。

でも、コンビニで週刊少年ジャンクを立ち読みして一連の疑問が一気に解けた。

夏目リツが長期連載している『H・H・H』は、章が変わるごとに、主人公の少年に新しいガールフレンドができるのがお約束らしいが、今回の相手役の名前は〃まどか〃だった。

この回だけだといまいちわからないが、まどかは明るく可愛い天然ボケの美少女で、キレると怪獣に変身して口から火を噴《ふ》くという設定であることはわかった。

名前だけでなく、なんとなく自分が怒ったときとイメージが重なるし、なによりも円が驚いたのは彼女の顔だった。

八重歯が可愛いボーイッシュな女の子ということになっているが、顔がまるで円そのものなのだ。漫画だからデフォルメされているが、それが却《かえ》って円の黒い大きな瞳や口元の特徴を強調していて、知っている人ならひと目で円だとわかるそっくりさだ。

話を全部読まなくても、これでもう十分だった。

『似てますね』は周にではなく怪獣少女まどかちゃんにということで、『エンちゃんはやっぱりまどかちゃんだ』というのは、円が漫画のまどかちゃんのモデルだという意味だったのだ。

『似てますね』のあとのオマケの笑いは、このせいだったのだ。

「律《りつ》さんってばぁ……」

だから、あんなに不自然なくらい『お礼がしたい』とか『エンちゃんのおかげ』と言っていたのだ。

と思ってから、円ははたと気づく。

違う。これはきっと周のアイディア……じゃなくて入れ知恵に違いない。

『エンちゃんは怪獣やもん』と、出逢った頃からしょっちゅう言っていた。

人の八重歯をいつもキバだと言っては喜んでいた。

だから生徒に『似てますね』と言われたとき、はっきりしないで笑ってごまかしていたのだ。

ふだんは開《あ》けっ放《ぱな》しなくせに、周も律さんも、みんなして隠してたんだ。

円は隼人に言われたことで落ち込んでいたことも忘れ、周に抗議しようと、部活から帰ってくるのを待ち構えていたが、

「エンちゃん、ちょっと話あるから部屋来て」

周に先に言われてしまった。

「なに？」

仕事机の前に坐り、珍しく怒ったような顔をしている周に、円はちょっと不安になる。

学校で、なにか周に迷惑かけるようなことしたっけ？

逆ならしょっちゅうだけど……。

「いつからアオコは肉食の大トカゲになったんや？」

「あ……」

円は思わず小さな声をあげた。

周の話から、隼人が部活が終わったあと、『今度、コーチ自慢の肉食の大トカゲ見せてください』と言ったことがわかった。トカゲに興味があるわけではなく、家に来て周と自分のやりとりを見たいだけで、隼人に他意《たい》はない。

「エンちゃん、またヘンな遠慮してるんちゃうやろな？」

「どうして、そんなこと言うの」

思わず周から目をそらす。

「エンちゃん飼いたい動物、猫やったんやろ？」

「……」

どきっとした顔をしてしまう。隼人は猫の話もしたらしい。

「なんで勝手にあかんて決めてしまうん？　エンちゃんが飼いたいんやったら、庭で羊放牧《ほうぼく》したってええねんよ」

「羊はいらないって言ったじゃん」

「話そらしたらあかん。エンちゃんは、ほんまはどうしたいん？」

「がんばってアオコとアオタと仲良くなりたいって思ってる。だから……今は……」

「そしたら、そう言うたらええやんか。なんで嘘ついたん?」

「だって……」

「だって、なに?」

ふだんはへらへら許してくれるけれど、周は自分を大事にしないと本気で怒って、ちゃんと反省するまで許してくれない。

「周が定期入れにアオコの写真入れてたからだよっ」

ぐるぐるしている頭の中から、とっさにひとつを言い訳に選んだ。

「へ?」

「僕の写真入れてたのに、彼女とか言ってアオコの写真入れてたじゃんっ。だから、悔しいから凶暴な大トカゲって言っちゃったのっ」

「ほんまに……?」

肩に手を置き、円の顔をのぞき込む。

「そうだよっ。今だって……ちょっと冗談で隼人に言っただけなのに、アオコを凶暴って言ったって本気で怒ってるし…」

「ちゃうって、そんなことで怒ってへんよ。エンちゃんが猫飼いたいのに、遠慮してるんやったら…」

「周は僕よりアオコのほうが好きなんでしょっ」

投げつけるように言うと、周は嬉しそうで、淋《さび》しそうな、複雑な笑顔を浮かべた。

「それ本心から言うてくれてるんやったら、めっちゃ感激やけどな」

「ほ、本心だもんっ」

「わかった。素直に喜んどこ」

わかったと言いながら、周の目はまだ少し淋しそうに見えた。

周はしばらく黙って円を見つめていたが、すっと立ち上がると、上着のポケットから定期入れを出してきて、円の手を取って手のひらにのせた。

「アオコの写真抜いてええよ」

「いいよ、べつに」

「ええから、抜いてみ」

アオコの写真を抜き取ると、下から例の円のエプロン姿の写真が出てきた。

円は周の顔を見た。

「こんなん入れてて見つかったら困るエンちゃんが言うたから、カモフラージュにアオコの写真入れといたんや。けど、いくら好きやからって、本気でトカゲの写真持ち歩いとったらシャレにならへん。初めてのクラスやし、授業盛り上げよ思《おも》て見せただけや」

「……」

「けど……はらはらさせるような冗談言うた俺が悪かった。エンちゃんの気持ち考えんと、調子に乗ってしもた。ごめんな」

長い指が円の前髪をそっとかきあげる。

「僕こそ……ごめんなさい」

「なんで謝るん？」

嘘ついてるから。

「トカゲにヤキモチ妬《や》くなんて、馬鹿みたいだから……」

円はうつむいたままぼそっと言った。

周はぷっと吹き出し、円を抱きしめてきた。

が、円は周の腕を振りほどいた。

「……」

苦笑いの寸前《すんぜん》、一瞬、周が傷ついた目をした。

「どうしたん？」

「ご、ごめん……僕、数学やんなきゃ……」

そぐわない言い訳を残し、円は廊下に出てきてしまった。

アオコにヤキモチを妬いたのが本当だったら、素直に抱きしめてもらえたけれど、胸の中に嘘があるからできなかった。

でも、周だって言ったじゃん。気を遣うって……。

喉の奥がくしゃくしゃして、円はコンコンと咳《せき》をした。

やだ……また……。

不安や嘘を胸の中に溜《た》めていると、吐き出せない気持ちの代わりに咳が出る。我慢していると、喉《のど》が腫《は》れて熱が出る。子供っぽいわがまま病だ。

母にそばにいてほしいとき、よくこの病気になった。困らせるだけだとわかっていて、身体が勝手に咳や熱の症状を出す。母も医者も、気管支《きかんし》が弱いからだと思っていたけれど、それだけではないことを、症状をくり返すうち円自身は気づいていた。

幼稚園児や小学生ならいい。でも、十五にもなってそれが治らないなんて……。

知られたら、きっと嫌われる。

隼人は、恋が壊れたら弟をやるのも難しいと言っていたけれど、弟がうまくやれないと恋もうまくいかないみたい。

恋って、もっと楽しくて気持ちいいものだと思っていたのに……。

周を好きな気持ちはなにも変わっていないのに、片想いの頃のほうが幸せだった気がする。

胸の中にたったひとつの気持ちしかなかった、あの頃に戻りたい。

「エンちゃん、風邪ひいたん？」

台所でしゃがみ込んで咳をしていた円は、どきっとして立ち上がった。

夕食が済んで、みんな仕事部屋に入っていると思っていたのに……。

「ううん、ちょっと掃除してたら埃《ほこり》が……っ……」

また咳をする円に、律がぽんぽんと背中を叩いて明るく言った。

「きれいに片づいてるやんか。掃除なんかええから、お茶しよ。たまには俺がいれるから」

「仕事中じゃないの？」

「気分転換や」

律は円を椅子に坐らせ、わざわざエプロンをつける。

「喫茶店のマスターに見えへん？」

漫画家の先生に見える。と思ったが、円は笑いながらうなずいた。

「おいしーいコーヒー飲まし…」

「先生、やめてくださいっ。俺やりますからっ」

堀江《ほりえ》が飛んできて、あわててコーヒー豆の袋を取り上げる。

「遠慮せんでええ。たまにはコーヒーくらい…」

「エンちゃん、豆を挽《ひ》かんと急須《きゅうす》に入れてお湯入れたコーヒー飲みたい？」

「えっ…」

「もう覚えたっちゅうねんっ」

「ええから坐っとってくださいっ」

堀江にきっぱりと断られ、律はしぶしぶ円の隣に腰を下ろす。

あんなにたくさんの読者を楽しませる才能があるのに、律は金銭感覚だけでなく、日常の些《さ》細《さい》なことをする能力が著《いちじる》しく欠けている。車に乗らないのも、よく聞いてみると、みんなに強く止められているらしい。

そんなマイナスの部分が魅力的に見えるのは、ひとつだけ普通の人の持てないぴかぴかの才能を持っているからだろう。

いつも頭ボサボサでジャージだけど、ハンサムだし……ね。

「エンちゃん……ごめんな」

「え…？」

突然、律が言いだしたので、円はきょとんとした。

「怪獣少女のせいで、からかったりいじめしたりするやつおるんちゃう？」

周から、漫画のモデルのことが円にばれたと聞いたに違いない。

「変身してみろとか言われたりせえへん？」

「どうしたの？　そんな小学生みたいなこと言うの、周だけだよ」

円は笑いながら、首を傾《かたむ》けて律を見た。

「最近、エンちゃん元気あらへんから……もしかして俺の漫画のせいで嫌な思いしてるんちゃうかな思て……」

「まさか……。もうすぐ期末だから、元気なく見えるならそのせいだよ」

「それやったらええけど……」

律は心配そうな目をして、円の髪を撫《な》でてくれる。

堀江がミルで豆を挽き始め、香ばしい香りが辺りに広がった。

「律さんの漫画読んでみたけど、すっごい面白かった」

「ほんま？」

「うん。とくにまどかちゃん出てくる章。怒るといきなりがーって怪獣になっちゃうところ、僕にそっくりで笑っちゃ…っ…」

言いながら、円はなぜか涙ぐんでしまう。

笑っているつもりなのに、勝手に涙が出てきてしまう。

「エンちゃん……」

律はおろおろした顔になり、コーヒーをいれていた堀江も心配そうにこっちを見ている。

「ご、ごめんな。エンちゃんのそういうとこめっちゃ可愛いから、主人公の彼女にしたら、読者が喜ぶやろうなって思て……意地悪でやったんちゃうよ」

円は首を横に振った。

「僕、ほんとに律さんの漫画のファンだから……」

「エンちゃん、なんか悩みあるんやったら言うてくれへん？」

「……」

ずきんと胸が痛くなる。

ふれられたくない部分にやさしくふれられると、どうしていいかわからなくなる。

「話したらラクになるんやったら…」

円は首を横に振った。

話せない。話せないってことが悩みなんだもん。

涙を止めようと唇を噛《か》んだら、よけいに涙が出てきてしまう。

堀江がティッシュの箱を持ってきて、テーブルの上に置いた。

「エンちゃん……」

馬鹿、止まれ。律さん困ってるじゃないか。

円はティッシュを一枚抜き取って、涙を止めようと目を押さえる。

「こら、なにエンちゃん泣かしてんねんっ」

「あ、周……ええとこに帰ってきた」

律が助けを求めるように、周に席を譲《ゆず》る。

「どうしたん？　律に意地悪されたんか？」

周が隣から顔をのぞき込む。

「されるわけないじゃんっ」

子供じゃあるまいし、意地悪されて泣くなんて、そんなの馬鹿じゃん。

「ほな、なんで泣いてんの?」

もっと馬鹿みたいなことで、涙……止まらない。

円はぐいと腕で涙を拭《ぬぐ》うと、「泣いてないよ」と言った。

「泣いてるやんか」

周が、意地悪なセリフをやさしい声で言ったので、

「泣いてないってばっ」

円は周にティッシュの箱をぶつけ、外に飛び出していった。


悩みがあるなら話してと言われて、胸の中の秘密をぶちまけそうになった。

わけを話せば、なにが苦しいのかわかってもらえる。でも、話せない。

円は近所の川にかかる小さな橋の上で、手すりを抱いて泣いていた。

川沿いの街灯が明るくて見られると恥ずかしいし、夜風が涼しくて気持ちがいいので、涙は止まっていたけれど……。

「エーンちゃん」

周がやってきて、いつもの調子で明るく声をかけてくれる。

ほっとしたくせに、きつく眉を寄せて迷惑そうな顔をしてしまう。

「また気遣《つか》わせちゃった？　扱《あつか》いにくくてごめんね」

皮肉な言葉が口をついて出る。あのときみたいに、いっそひっぱたいてほしい。

「そっか……前に俺の言うたこと、気にしてたんやな」

周が小さくため息を洩《も》らす。

「謝らなあかんの、俺のほうや。不用意な言葉使って、誤解させてしもた」

「そんなこと弟にわざわざ説明するのって、疲れない？」

冷たく言いながら、喉《のど》の奥に熱い痛みがこみあげてくる。

「それ逆や。エンちゃんのこと守ってあげたい思うと、幸せになれる」

「……」

目の縁《ふち》にじわっと涙が浮かぶ。

嬉しいからじゃない。嬉しい言葉のはずなのに、そう言われたら、胸の奥からどっと淋しさが溢《あふ》れてきた。

周……これって、家族の気持ち？　それとも……。

恋人じゃなくなっても、こんなふうに思ってくれる？　家族でいてくれる？　恋人として好きじゃなくなった相手を、家族として好きでいること、できる?

隼人に言われて気づいてから、そのことがこわくてどうしていいかわからなくなった。ちゃんと恋人したい。弟したい。でも、両方をいっしょにはできない。

「周……お願いがあるんだ」

どこへでも連れてって、今すぐに抱いてほしい。

「ええよ。なんでも言うて」

やんわりとした大阪弁《おおさかべん》と、雨を受け止める大地のような寛容《かんよう》な笑顔。円の胸の中に、甘い痛みを伴《ともな》った小さな嵐が起きる。

「夏休みになったら……」

そこまで言って、円は黙って川の中で揺れる街灯の光を見つめた。

円が呑み込んでしまった言葉をそっとすくい上げるように、周がつづける。

「ふたりでどっか旅行しよか?」

「……」

円は顔を上げて周を見た。

「当たり?」

周は、楽しい計画にわくわくしている子供の顔をした。

うんっと言って、胸に飛び込んでしまいたい。

「そんなの……不自然だよ。ふたりでなんて……みんなヘンに思うもん。だめだよ」

口から出てきたのは、そっけない、つまらない言葉だった。

「ほな、お願いってなんやの？　やっぱり猫…」

「夏休みにして」

「え…？」

「恋人……夏休みにしてほしいんだ」

「なんやそれ？」

「大家族っていうのもまだ慣れなくて戸惑《とまど》ってるし……ほら、夏休みは周と家でいっしょにいる時間長いし……いろいろ……」

「仕事と家庭は両立できません……みたいやな」

冗談だと思っているのか、周は面白そうに笑った。

「そんなちゃんとなんてせんでええやん。このままでなんであかんの？」

「疲れちゃったんだもんっ」

「……」

一瞬、周の目の中に痛みが走るのがわかった。

「ご、ごめん。やめたいんじゃなくて……夏休みのあいだだけ兄弟に戻って、家族したいなって…」

円の憂鬱《ゆううつ》を吹き飛ばすように、周はあははと声をたてて笑った。

「ほんまエンちゃんの発想は面白いなぁ。恋人を夏休みにしようなんて、そんなん言われたん初めてや」

「……ごめん」

「謝ることないって。疲れたら休むのは自然なことや」

周の手が、ぽんぽんとやさしく背中を叩く。

こんなのちっとも自然じゃない。学校や会社休ませてくださいって言うのとは違う。普通はこんなことを言ったら絶対に怒られる。

なのに、周はこのとんでもない申し入れを受け入れてくれた。

許されているのに、責められている気がした。

留学のときは、あんなに行くなと反対してくれたのに……。

家の近くまで来ると、近所の家族が家の前で花火をしていた。

「まだ夏休みにもなってへんのに、気の早い家族やな」

「……」

円は黙って、見知らぬ家族を見つめた。

父親がライターで子供の花火に火を点《つ》けてやる。しゅっと噴き出す不思議な色の炎。白い煙。火薬の匂い。バチバチと安っぽい音をたてているメタリックカラーの赤、青、緑……。

ああいうの、子供の頃憧《あこが》れてた。マンションだったし、母さんとふたりだったから……。

すごくうらやましかった。

「よし。うちは、夏休みみんなでぱぁっと隅田川《すみだがわ》の花火大会行こか？」

そんなのより、庭で花火がしたい。そう思ったけれど……。

「……そうだね」

円は、曖昧《あいまい》な笑顔でうなずいた。

どうして、こんな簡単なことが言えないんだろう。

円の瞳の中で花火の青白い光が揺れ、白い頰にひとつぶこぼれた。

どんなに難しい英文も、辞書を使えばなんとか訳せる。でも、自分のものなのに、心の中には意味のわからない気持ちがたくさん詰まっていて……。

自分が一番わからない。

あんなに望んでいたことが叶《かな》ったのに……自分からリタイアするなんて……。

こんなのって、手に入らないと思っていたときより、ずっと悲しい。

「最後のwhenのあとのレロレロ……ってなに？」

円《まどか》がヘンな顔をすると、周《しゅう》は眉を上げて笑った。

「アロラレラって聞こえたんやろ？　I wrote a letterや」

「えっ、そんな簡単な文だったんだ」

「心配ないって。文字見ておんなし発音できたら、今度はどんな早口で聞いても絶対にレロレロやなくてwrote a letterって聞こえるから」

「……うん」

ふうっと円がため息をつくと、周は眼鏡《めがね》をはずしてシャツの胸ポケットに入れた。

「ほな、今日はこのへんにしよか」

「ありがとう」

「お疲れさん」

笑顔で言って、円の頭を撫《な》でて、でも、キスはしないで部屋から出ていってしまう。

夏休みにしてと自分が言ったから、周はそのとおりにしてくれているだけのことだ。

学校の夏休みも始まっていたが、周はほとんど毎日、邦画《ほうが》の英訳シナリオを作るために視聴覚教室に入《い》り浸《びた》っていて、あまり家にいることがない。研修で三日、バスケット部の合宿で五日、家を空《あ》ける予定もある。

こんなことなら、恋人を夏休みになんてする必要などなかったのかもしれない。そう思うと、円の胸の中に、重い雨雲のような憂鬱《ゆううつ》が押し寄せてくる。

取り返しのつかない距離をつくってしまっただけなのかもしれない。

泣きたい気持ちを呑《の》み込《こ》んだら、咳《せき》が出そうになり、円はあわててベッドのタオルケットにもぐり込んだ。

コンコンと小さく咳をしてから、のろのろと這《は》い出《だ》して息継《いきつ》ぎをする。

大人になりたい。

そしたら、少しは周の気持ちがわかると思うから……。

もし、怒っていたとしても、周は大人だから怒った顔なんてしない。

今までどおりの笑顔で、英語の家庭教師もちゃんとしてくれる。でも、兄弟以上のスキンシップはしないし、エッチっぽい冗談も口にしなくなった。

やめてやめてと言っていたくせに、周があっさりやめてしまうと、意地悪されているように感じてしまう。めちゃくちゃ子供っぽい。

気がつくと、周が「もうやめへん？」と軽く言ってくれるのを待っている。

自分から言いだしたのだから、やめたいなら自分から言わなくてはいけないのに……。

知らん顔して、心の中では、早く助けてと叫んでる。


「最近、ちょっと帰り遅《おそ》ないか？」

夕食が終わる頃、律《りつ》が唐突《とうとつ》に周に言った。

「遅いって、ちゃんと晩メシに間に合うように帰ってるやんか」

「夏休みやないか」

〝夏休み〟だから、だよ。律さん。

「学生と違《ちご》て、先生は休みいうても忙しいんや」

違うよね。僕に逢いたくないから……でしょ？　円は不機嫌《ふきげん》そうな周の顔を見る。

周に逢いたくないから夏休みにしようって言ったんじゃない。

なのに、疲れたからなんて言ってしまったから……。だから……。

「また怪獣《かいじゅう》映画作る気ちゃうやろな」

律は周が持っているシナリオを見て、眉をしかめる。

「ゴジラのシナリオ英訳して、生徒にアフレコさせて学園祭で上演するだけや」

「教師の趣味につきあわされて、おまえのクラスの生徒もえらい災難やな」

「英会話の勉強も兼《か》ねてんねんから、めっちゃお得やんか」

「けど……そういうの、著作権のこととかええんですか？」

緑茶を湯呑《ゆの》みに注《つ》ぎながら、堀江《ほりえ》が心配そうに訊《き》く。

棚橋《たなはし》と添田《そえだ》は背景の仕上げで仕事部屋にいる。わかっているのに、ふたつの空席が、いつもいる人が突然いなくなる淋《さび》しさを円に連想させていた。

「金取って見せるわけやないし、教材やからかまへん」

「大学の講義とかで人の本コピーして生徒に配っても、ほんまは金払うんですよね？」

「そんなん、まじめに払ってるやつなんかおらんて」

「それが教師の言うことか？　エンちゃん、なんとか言うてやって」

「……」

律に話しかけられたことに気づかず、円はぼんやりと考えていた。

言葉って、それ自体に意味があるから難しい。使い方を間違うと、思ってないことを思ってると思われてしまう。

でも、ほかにどう言えばよかったんだろう。あのとき、とっさに自分の気持ちを伝えられる言葉が見つからなかったけれど、考えても考えても、今だってわからない。

「エーンちゃん？」

はっと目の焦点《しょうてん》が合って、律が顔の前で手を振っているのに気づく。

「あ、はい。なに？」

夢から覚めたような顔をする円に、周はふっと目を細めた。

「エンちゃん発音きれいやし、アフレコに特別参加せえへん？」

「だめだよ。僕、周のクラスじゃないもん。一年だし」

円は迷わず断ってしまう。そして、すぐに後悔する。

「そやから特別、や」

「……」

特別って？　どんな？　円は周の目を見る。

「俺の弟やし、みんなエンちゃんのファンやから喜ぶよ」

「……」

円の黒い瞳が色を落とす。

「エンちゃん、人気もんやねんな」

「違うよっ」

円はガタンと椅子から立ち上がった。

「みんなが好きなのは怪獣少女のまどかちゃんで……僕じゃないもんっ」

言ってしまってから後悔したってもう遅い。

テーブルがしんとなる。みんな呆《あき》れてる……。

「……ごめんなさい」

「いや……こっちこそ、かんにんな。勝手にモデルにしたん、ほんま反省してるし」

律さん、悪くないのに謝らないで。お願いだから、叱《しか》って……。

「エンちゃん、勉強のし過ぎとちゃうの？　ずうっと英語のテープかけっ放《ぱな》しやし……」

堀江が心配そうに、円の顔をのぞき込む。

「ごめんなさいっ」

居たたまれなくなった円は台所を飛び出し、部屋に走っていった。

ベッドに突っ伏すと、ベッドの上に少年ジャンクの最新号が置いてあるのが見えた。

最近、円が漫画を読むようになったと知り、出版社から送られてくると律は円にくれる。

横になったまま、巻頭の『H・H・H』を開いて見る。

笑ってる。泣いてる。怒ってる。

怪獣少女のまどかちゃんは素直で可愛《かわい》い。

ちらっと見ただけならよく似ているけれど、ちゃんと読んでみると、漫画のまどかちゃんと自分には決定的に違うところがある。

彼女はすごくストレートに自分の感情を表現していて、主人公の男の子にちゃんと自分の気持ちを言えるし、甘え方も無邪気《むじゃき》で可愛い。

だからこそ、主人公の少年の浮気にヤキモチを妬《や》いて怒ったとき、いきなり怪獣になって火を噴《ふ》くという設定が生きるし、読者にウケるのだと思う。

読んでいると、律が素直な子が好きだということがよくわかる。

素直になれない自分をそのままモデルにしたのでは、漫画のキャラクターとしてはちっとも魅力がない。その部分だけはしっかり修正されて、読者が好感を持ちそうな理想の女の子になっている。

まどかちゃんは、僕の姿をモデルにした別人だよ。

枕に顔を埋《うず》めてコンコンと咳をしてると、周が入ってきた。

「エンちゃん……具合悪いんとちゃう?」

円はのろのろと半身を起こしながら、首を横に振った。

「ちょっと熱計《はか》ってみ」

心配そうな顔で、周がベッドに近づいてくる。

「大丈夫だってばっ」

噛《か》みつくと、周はベッドに腰を下ろしながらくすっと笑った。

「めっちゃ元気やんか」

「だから、元気だって言ってるじゃない」

「ごめんごめん。明日から俺、家におらへんようになるから……」

「周いなくても、律さんたちいるもん」

円はふいと横を向く。

「……そうやな」

「そうだよ。明日、朝早いんでしょ。さっさと寝たら？」

円が投げつけるように言うと、ほんの少し間を置いて、周は「ほな、おやすみ」と言った。

背中を向けたまま、円も「おやすみ」と平坦《へいたん》な声で答えた。

いつも開《あ》けっ放《ぱな》しな周が、ドアを静かに閉める音がした。

その瞬間、円の目からぽろぽろと涙がこぼれ落ちた。

ドアの閉まる音が、さよならみたいに聞こえた。

どうしてこんなふうになったんだろう。

周が好きで、みんなが好きで……ずっといっしょにいたいだけなのに……。

小さく鼻をすすると、円はぐいっとシャツの袖で目を擦《こす》った。

そして、目覚まし時計のアラームを周の出かける十分前に合わせる。

この性格も気持ちも、すぐには変えられないけれど……。

明日の朝だけ、笑って、ちゃんと周に「行ってらっしゃい」って言わなきゃいけない。

「嘘……」

翌朝、パジャマのまま台所に飛び込んできた円は、律の言葉に絶句する。

陽射《ひざ》しの眩《まぶ》しさに目を開けたら昼前で、もちろん周は出かけてしまったあとだった。

アラームを止めていたのは周だった。

「どうして……勝手に……」

「エンちゃん、昨夜《ゆうべ》咳しとったやろ？　朝早いし、寝かしといてやろ言うて」

律は徹夜仕事で、周が出かけるときに起きていたらしい。

「昨夜もあいつ、俺ら仕事で起きてるから大丈夫や言うてんのに、夜中に何回も起きてエンちゃんの部屋に様子見に行っとったよ。なぁ？」

遅い朝食を食べながら、夏目組《なつめぐみ》のアシスタントたちが眠そうな笑顔でうなずいた。

「そんな……」

「帰ってきたら、元気な顔で迎えてやったらええやん。すぐ戻ってくるし」

律が苦笑《にがわら》いしながら、慰《なぐさ》めの言葉をかけた。

「そうだよね……ごめんなさい。忙しいのに心配かけて」

「なに言うてんの。弟の心配すんの当たり前やろ？」

言いながら、律は円の額《ひたい》に手のひらを当てた。

「熱もないし、咳も止まったみたいやし。よかったよかった」

ちっともよくなかったが、律の笑顔に円も少しだけ笑った。

「あ、みんな揃《そろ》たから言うとくけど、周が置いていった合宿所の住所と電話番号書いたメモ、廊下の電話台の前に貼《は》っといたから、あいつに急用があるときはそれ見てな」

棚橋さんたちが周に用があることなんてないのに……。

「そういうことやから」

と、律は円の頭を撫でた。


「違うところで生まれて育ったのに、いきなり同居することになってなんの問題もないわけ？」

円は周の部屋の床にぺたんと坐《すわ》り、ガラスケースの中に声をかけた。

もちろん返事はない。言葉が通じないからではなく、ぐっすり眠っているから……。

「暑いのに、くっついて寝るんだね」

湿度も気温も高いのに、アオコとアオタは白い砂の上でお揃いの身体をぴったりと寄せあい、気持ちよさそうに昼寝をしている。

微笑ましいトカゲのカップルに思わず笑みを浮かべてから、円は床に突っ伏した。

泣きたくないのに、勝手に涙が出てきてしまう。

半年前は、駅と電車の中で見つめるだけの片想いをしてた。

週に三回、たった十五分、同じ車両にいられるだけであんなに幸せだったのに……。

どうして？　わからない。

大好きな人と暮らしてるのに、淋しいなんて……。


「エンちゃん、家のことばっかりしてんと遊びに行ってきてええよ」

周が合宿で家を空けてから三日目。今日も円は、テレビのワールドニュースとラジオの英語講座の時間以外、朝からずっと堀江の手伝いをしている。ひとりでいると周のことを考えてしまうので、誰かのそばにいてなにかに没頭《ぼっとう》しているほうがラクだったから……。

と、円は思っていたが、じつは心ここにあらず、周のことばかり考えていて、ものをひっくり返したり壊したり、小さな失敗をくり返していた。

「……ごめんなさい。手伝うとかいって、堀ちゃんの邪魔ばっかしてるね」

「アホっ」

律が堀江の後頭部を叩いたので、円は驚いて顔を上げた。

「エンちゃん、得意のチキン……なんやったっけ？」

「ドリア？」

「そう、それ作ってくれへん？　急に食べたなってしもてん」

「こんな暑いのに、ドリア？」

「ええのええの。俺は夏でも鍋焼きうどん食べたり、冬に冷たいソーメン食べたり、季節に縛られへんタイプやから」

「冬にソーメンって寒そう」

円がくすっと笑うと、律はほっと頬《ほお》をゆるめ、それからきりっとした顔になって敬礼《けいれい》をした。

「ほな、よろしゅう頼みますっ」

「はい、お仕事がんばってくださいっ」

円も真似《まね》て敬礼をする。

「俺、洋食苦手やから、エンちゃんに作り方教えてもらおかな」

堀江の言葉に、円は胸の中でもう一度謝りながら笑顔でうなずいた。

お手伝いなんていって、みんなに気を遣《つか》わせちゃってる。しっかりしなきゃ……。

せめて笑顔で……。

「あっ…」

反省した先から、円はまた皿を割ってしまう。

「エンちゃん、大丈夫か？」

「……うん」

床にしゃがみ込み、まっぷたつに割れた皿を見つめる。

手が滑《すべ》って、お皿が割れただけ……。

こんなことで泣きたくなる理由はわかってる。

どこかに行く人とは、絶対にケンカしちゃいけない。

どんなに腹が立っていても、顔も見たくなくても、無理やりにでも仲直りして、笑顔で行ってらっしゃいって言わなきゃ……。

一生後悔することだってある。

知ってるのにできないなんて……学習能力ないよね。


オーブンの中でドリアがくつくつと音をたてて焼け始め、廊下には洋食屋の店内のような香りが流れ込み、エプロンをした円が電話台の前を行ったり来たりしていた。

円の頭の中では、とりとめもない思考が、やはり行ったり来たりしている。

なんでかけてこないの？　そう思うなら、自分でかければ？

だって、周は仕事で行ってるんだし……。でも、電話くらいいいじゃない。

だけど、べつに用があるわけじゃないし……。

と思ったとき、いきなり電話が鳴りだした。

円はあわてて受話器をつかむ。周だと思った。というより、そうであってほしい。

が、聞こえてきたのは父の声だった。

「どうしたの？　こんな時間に、なにかあったの？」

一瞬がっかりしたが、珍しい父の昼間の電話に円は心配そうな声を出す。

『なんもないよ。エンちゃんの声聞きたなってかけたんや』

「えっ、それで電話くれたの？」

『べつに用なかっても、電話は声聞きたい思たときにかけるもんやろ？』

「……」

父の言葉に、円ははっと目を見開いた。頭の中で右往左往《うおうさおう》していたものが、一瞬にたったひとつの言葉、いや気持ちに整理されてしまった。

『どないしたん？』

円の沈黙に、父が心配そうに声をかける。

「僕もお父さんの声聞きたかったから……すごい嬉しいなって」

ほんとは違うことを考えてたけれど、これも嘘じゃない。

『そんなん言うてくれんの、うちではエンちゃんだけや。お盆《ぼん》に帰るとき、エンちゃんにだけお土産《みやげ》買うて帰ろ。なにがええ？』

「あ、えと、前に買ってきてくれた〝えびむすめ〟。あれ、すごくおいしかった」

『ああ、〝えびすすめ〟な』

「……」

ちょっと違ってたみたい。受話器を握《にぎ》ったまま円は赤くなった。

『ほな仕事中やし、またな』

「お父さんっ」

円はあわてて言った。

『なに？』

「用もないのに電話してくれてありがとう」

円は心からそう言ったのだが、父は爆笑していた。

受話器をそっと置くと、円はもう一度、胸の中で父にありがとうと言った。

電話って、そのためにもあるんだよね。用がなくても、声聞くために……。

セロテープで壁に貼られたメモを見ながら、受話器に手をかけた瞬間、円ははたと思う。

じゃあ、なんで周はかけてこないわけ？

円はむっと眉を寄せる。

「やーめたっと」

受話器を置いて円はふっとため息をつく。

そしてもう一度、周の書いたメモをちらっと見た。

仕事部屋の戸をそろりと開けると、律は髪をふたつにきっちり結び、真剣な顔でペンを走らせていた。邪魔をしたくなかったが、勝手に出かけるわけにはいかない。

「律さん、ちょっと出かけてきていい？」

円が小声で訊《たず》ねると、律は原稿から顔を上げて「風邪は大丈夫なん？」と言った。

「もう平気」

だって風邪じゃないもん。両手で小さなガッツポーズをしてみせると、律はペンを持ったまま円の得意のポーズを真似して笑った。

「それやったらええけど、どこ行くん？」

「コ、コンビニ。ちょっと遠いコンビニだから、時間かかるかもしんないけど……」

苦しい言い訳をしたら、堀江が南の窓を指した。

「コンビニやったらすぐそこにも…」

「アホ、コンビニいうてもいろいろあんねん」

棚橋が、資料の雑誌の整理をしている堀江の頭を定規《じょうぎ》で叩いた。

「あ、コンビニ冷房入ってるから、なんか上着持っていったほうがええよ」

過保護な律に笑いながらも、円は「はい」と素直にうなずいた。

「なるべく早く戻るけど、もし遅くなったら、ドリアできてるからチンして。サラダは冷蔵庫。

スープも鍋にできてるから」

「はーい」

と、夏目組の四人はペンやトーンナイフを持った手を上げる。

忙しいお兄さんたちは、弟のおかしな言動につっこみを入れている暇はないらしい。

「じゃ、行ってきます」

「行ってらっしゃーい」

ちゃんと挨拶《あいさつ》したから、こっちはオッケー。

律に言われたとおり部屋から上着を取ってくると、円は電話の前に貼られたメモを剥《は》がし、〝ちょっと遠いコンビニ〟に行くために急いで外へ飛び出していった。


橙《だいだい》色を滲《にじ》ませた西の山際《やまぎわ》に青い夕闇がまざり始める頃、円はバスケット部が合宿をしている宿舎の最寄《もよ》り駅にたどり着いていた。

人気《ひとけ》のない単線《たんせん》の駅はひっそりと涼しく、でも、東京ではまだ聞いていないセミの聲《こえ》がする。

「エンちゃんっ」

ジャージ姿の周が走ってくる。

宿舎まで訪ねていったら部員たちに見られてしまうので、忘れ物を届けに来たからと、電話に出てきたマネージャーの宮地《みやじ》に周を呼び出してもらった。

「びっくりした……。忘れ物ってなに？」

周は息を切らし、鼻の頭には汗が浮かんでいる。

円は周の顔を見ながらひとつ深呼吸をし、言った。

「行ってらっしゃい」

「……」

周はぽかんとした顔で円を見た。

「人が行ってらっしゃいって言ったら、なんて言うの？」

冗談だと思ったのか、周は小さく吹き出す。

「もう来てしもてるのに、行ってきます言うん？」

「いいから言ってて」

円が泣きそうな目で訴えると、周もまじめな顔になる。

「行ってきます」

円はほっと肩から力を抜いた。これで大丈夫。

「じゃあ、帰るね」

円がひらっと手を振ると、周はあわてて腕を引っぱった。

「ちょっと待って。まさか……これ言うためにはるばる電車乗り継いで来たん？」

「電車は、べつに用がなくても行ってらっしゃいを言うためだけに乗ったっていいんだからねっ」

お父さんの盗作《とうさく》だけどさ。円は顎《あご》を上げ、強気な目で周を見た。

「あ…っ…」

周がいきなり抱きしめてきた。ふっと気が遠くなって、そのまま目を閉じてしまいたくなる。

「だめっ……」

両手で周の胸を押し返す。

「ご、ごめん……夏休みやってんな」

「……そうだよ」

手をつっぱったまま円がうつむいていると、周がそっと頬に手を当てる。

「顔見られて嬉しいけど……こんな無茶したらあかんよ。熱出たらどうすんの」

「周は心配し過ぎだよ。アラーム切ったりしなかったら、わざわざこんなとこまで来…」

周がまた抱きしめてくる。

「エンちゃんにだけや。こないだエンちゃんが熱出したとき、お母ちゃんが連れていってしもたらどうしよって、死ぬほど心配してんからな」

「そんな……簡単に死んだりしないよ」

あのときは、ほんとに母さんに連れていってもらいたかった。

周のことが好きで好きで……なのに、ぜんぜん周の気持ちなんて考えてなかった。

置いていかれる気持ちを、誰より知ってるくせに……。

「大丈夫か？」

周は名残惜《なごりお》しそうにゆっくりと円を放し、顔をのぞき込む。

「空気いいから治ったみたい」

「ほんまに？」

円は大きくうなずいた。空気のせいじゃなくて、周の顔見たからだけど……。

「元気になったんやったら、助けてくれる？」

周が困ったような顔で訊いたので、円は大きな目をきょとんとさせた。


「おーい、助っ人連れてきたぞ」

宿舎の玄関で周が叫ぶと、円の料理を食べたことのある部員たちがわっと歓声《かんせい》をあげて集まってきた。

「エンちゃーん」

代表で男子部キャプテンの前島《まえじま》が抱きついてきた。

カッコいいのでちょっとどきっとする。でも、周に感じる〝どき〟とは種類が違う。

「こらっ」

と周が言ったので、またどきっとなったが、

「おまえら、喜んでる場合ちゃうやろ」

女子部員がいっしょになって喜んでいるので呆れているらしい。

「料理できる男引っかけて結婚するからいいんですー」

夕食会のときに来ていた福田夏美《ふくだなつみ》が口を尖《とが》らせる。

周によると、エプロン姿は可愛《かわい》かったが、女子部員たちの料理はいただけない代物《しろもの》だったらしい。ただひとり料理上手な女子部のマネージャーの酒井麻里《さかいまり》が親類の不幸で参加できなくなったため、初日の夕食から悲惨な食生活を強《し》いられているという。

食事作ってもらえるところで合宿すればいいのに……。

「ちょっと抜けてるよね……」

苦笑いしながらたまねぎの皮をむしっていると、ふと誰かの視線を感じた。

顔を上げると、隼人《はやと》が腕組みをして厨房《ちゅうぼう》の戸口に立っているのと目が合った。

「隼人……」

円が駆け寄ると、隼人はいつもと違う不機嫌な顔をしていた。

「なんか、顔こわくない？」

首を傾けて冗談っぽく見上げると、腕組みをしたままぼそっと言う。

「料理作りに来たって、ほんとかよ」

「まさか。忘れもの届けに来たら、周に頼まれちゃったんだよ」

「こんなとこまで届けに来る忘れものってなんなわけ？」

「えと、は…歯ブラシ」

とっさに口にした瞬間、そんなもん届けにくるやついないって、と思う。

「昨日も今朝《けさ》も、あの人思いっきり歯磨《みが》いてたぜ」

「……」

速攻《そっこう》でツッコまれ、気まずく黙るしかない。

「ま、理由なんていいさ。円といっしょに合宿できるなんてラッキー」

円いじめを切り上げ、隼人はいつもの調子のいい笑顔を見せた。

「合宿って……料理作ったらすぐ帰るもんね」

体裁《ていさい》の悪さを隠すように、円は赤い顔でふいと横を向いた。

「馬鹿だな。帰れると思ってんのか？」

「え…？」

不思議そうな顔をする円に、隼人は大げさなため息をつく。

「コーチも苦労するよなぁ」

「な…なにがだよ」

「大きな声では言えないけど……」

耳元に口を寄せてきたので、円は真剣に聞こうとしたが、いきなりちゅっと頬にキスされた。

「なにすんだよっっ」

大声に厨房にいる女生徒たちが振り返ったので、円は赤くなって黙った。

「じゃあ、またあとで。晩ごはん期待してる」

「馬鹿っ」

円は走っていく隼人に向かってケリを入れた。

「ちょっとちょっとエンちゃん」

飯田祐子《いいだゆうこ》が、細い眉をつり上げながら円のところにやってくる。新妻《にいづま》エプロンと言っていた真っ白なレースのエプロンをして、手には包丁を持っている。

「うるさくしちゃって……ごめんなさい」

円は一、二歩あとずさる。

「違うわよ。井上《いのうえ》隼人よ」

「へ？」

「彼ってしらっと冷めてるっていうか、人見知りっぽいのに、エンちゃんと話してるときは別人みたいにくだけちゃって……ほんとはあんなにしゃべれるんじゃない」

祐子の言葉に、夏美もそうそうと同意する。

「井上くん狙《ねら》ってる子多いのに、なんかこわそうっていうか、近寄りがたいっていうか……。

あのルックスでさっきのキャラならいい感じよねぇ」

そういうことなんだよね……。

隼人はきっと、自分が恋愛対象にできない相手に本気になられることを恐れて、そっけないふりをしているのだと思う。自分とくらべるとポジティブシンキングの固まりみたいな隼人だが、普通でない恋愛感情を持っていることで、悩みや葛藤《かっとう》がないはずはない。

「でも、なんでエンちゃんにだけ態度違うのかな」

「そういえば、井上くんだけよねぇ。エンちゃんのこと円って呼び捨てにするの」

「もとの名字《みょうじ》が同じだから……かな？」

円が適当な言い訳をすると、ふたりは顔を見あわせ、思いっきり吹き出した。

「エンちゃんってやっぱりヘンー」

隼人と自分の奇妙な関係についてありのままを話すわけにもいかず、ヘンだと言われても円は曖昧《あいまい》に笑うしかない。

そう、自分の内も外も、こんがらがってしまったすべての原因はこれなのだ。

自分にとって本当のことなのに、人には言えない。

ほんと……ヘンだよね。

小さく肩をすくめると、円はたまねぎの皮剝《かわむ》きを再開した。

エプロンは可愛いけれど使えないアシスタントふたりに手伝ってもらい、円はなんとか三十二人ぶんの夕食を作り終え、ほっと肩で息をついた。

帰らなきゃ……ね。

円がエプロンをはずそうとすると、

「ご苦労さん」

周がやってきて、嬉しそうに紐《ひも》をほどく。

「やめてよ。また先輩にからかわれ…」

「晩メシ済んだら、車借りて下の町に着替えと歯磨きセット買いに行かなあかんな」

「え……僕、泊まるの？」

円は振り向いて周を見上げた。

「当たり前やん。暗なってから、エンちゃんひとりで帰せるわけないやろ」

「そんな、女の子じゃないんだから…」

「あかんっ」

きっぱりと言う周に、円はエプロンを丸めながら赤くなる。周はいつもへらへら笑って許してくれるから、びしっと叱ってくれるとどきどきする。

隼人の言っていた『帰れるはずない』って、こういうことだったのかな……。

「ちょこっとやけど、久しぶりにふたりきりでドライブできるやん」

ふたりきりでドライブ……。周の言葉に、ほわんと胸の中で嬉しさが広がった。

〝夏休み〟のことなど忘れて、円は素直に周の誘いにうなずいていた。

結局、買いたいものがあるという女子部員が三人ついてきて、ふたりきりのドライブとはならなかったが、周の運転する車の助手席に乗って知らない町を走りだすと、それだけで気持ちが浮き立った。

毎日、家族とか兄弟というのを意識して暮らしているから、家から離れて、周のことを単純に好きな人といっしょにいると思えるのが嬉しかった。

贅沢《ぜいたく》で自分勝手なことだから、絶対に誰にも言えないけれど……。

「いいのかな……僕だけ……」

十畳《じょう》の和室にふたつ並べた布団の上で正座して、円は申し訳なさそうに言った。

隼人たち一年男子といっしょの部屋に詰め込まれるのかと思ったら、周の寝ている離れに泊まることになった。というか、周が勝手にそうしてしまった。

「エンちゃんはボランティアやし、俺の弟やねんから、誰にも文句言わせへん」

笑いながら、周は自分の布団の上に胡座《あぐら》をかいた。

自分が〝夏休み〟にしてしまった、もうひとつの肩書が落ちている。自分でそう仕向けたくせに、ふいに胸の底がしんと淋しくなる。

がやがやとまわりに人がいたのが、急にふたりきりになったせいかもしれない。

障子《しょうじ》の向こうから、青白い月の光が洩《も》れてきて、宿舎の下を流れる川のせせらぎの音と、東京ではまだ鳴いていない虫の聲が聞こえてくる。

「疲れたんちゃう？」

黙ってしまった円に、周が心配そうに声をかける。

「ううん。お風呂、温泉で気持ちよかったし……来る前より元気になったみたい」

白い頰をうっすらと紅潮《こうちょう》させ、円はくつろいだ表情で言った。

品数の揃っていない小さな店で買ったパジャマはサイズが大きく、華奢《きゃしゃ》な身体がパジャマの中で泳いでいる。

「可愛いやん、それ」

「えー、オヤジパジャマっぽくてダサくない？」

周は目を細め、「エンちゃんって、ほんまびっくり箱やな」と笑った。

「どうせ、面白いオモチャだよ」

「そうやないよ」

周は円の大きな目をのぞき込んだ。

「行ってらっしゃいだけ言いに来てくれるなんて……めっちゃ感動した」

「……」

胸がきゅんと痛くなる。周が好きで、自分が嫌い。

「ごめん……そんなんじゃないんだ。すごく自分勝手な理由で来たんだ」

「自分勝手な理由……？」

こくんとうなずくと、円は母との最後のやりとりを周に話して聞かせた。自分以外の誰かに話すのも、口にするのも初めてだった。

「あんなふうにさよならになっちゃうなんて、夢にも思ってなかったから……」

円は睫毛《まつげ》を伏せて、ふっと笑った。

「せめて、行ってらっしゃいって言ってたらって……」

円の「行ってらっしゃい」という言葉に、周は微《かす》かに瞳を曇《くも》らせた。

「何度も何度もあの雨の日の夢を見て……。でも、夢って書き直せないんだね。いつも止めようとするのに、母さんの車は雨の中を走っていっちゃって……」

そこまで一気に話すと、円はふうっと息をついた。

「……現実だから書き直せるわけないんだけどね」

周は苦しげに眉を寄せ、円の手首をそっとつかんだ。

「だから、行ってらっしゃい言わずに行っちゃわれると……」

円はえへっと子供っぽく笑って周を見た。

「……ロマンチックな理由じゃなくてごめんね」

「そうか……エンちゃんの咳は、心の風邪ひきやったんや」

「……」

円の顔から作り笑いが消える。

「いっしょに暮らしてんのに、気づいてやれへんでごめんな」

泣きたい気持ちを抱《かか》えているときに、そこに直接ふれられると痛い。でも、その痛みには不思議な甘さがまざっている。

「泣いてええよ」

「……」

円はきつく唇を嚙んだ。

「ちゃんと泣きたいだけ泣いてへんから、いつまでも苦しいんとちゃう？」

いろんな気持ちが、胸の中でごちゃごちゃになって溢《あふ》れそうになる。

「周は……ちゃんと泣いたの？」

「俺は、失ったもんぜんぶ埋《う》めてくれるものエンちゃんのお母ちゃんにもろたから……」

円は顔を上げて周を見る。

「せやから、俺にもエンちゃんが失くしたもんの代わりさせてくれへん？」

「う…っ…」

円の目から、涙がぱらぱらとシーツの上に落ちた。

周は円を引き寄せ、抱きしめる。そして、背中を撫でながら耳元で言った。

「安心し。これは家族として……お兄ちゃんとしてや」

恋人でも弟でもなく、赤ちゃんになりたい。無理やり言葉を探せば、そんなことを言ってしまいそうになる。そんな気持ち……。

周を好きになって、地球上の音符《おんぷ》では表せない歌のように、自分の中に、言葉で説明できない気持ちがたくさんあることを知った。

恋は楽しいのと同じだけ苦しくて痛い。

それを不器用な心で表現しようとするから、いつもいつも失敗してしまう。

でも、周の腕の温《ぬく》もりは、そんなすべてを丸ごと抱きしめてくれていた。

泣いても、痛くても大丈夫。ここにおるよって……。

恋人でも家族でもなく、どうしようもなく引きつけあう異極の磁石のように、円は周に寄り添い、溶けるように眠りに落ちていった。

7

さらさらと降りそぼる霧雨《きりさめ》の中に立っていると、誰かがすっと傘を差しかけてくれた。

「濡《ぬ》れるわよ」

「母さん……」

「元気にしてる？」

母が笑うと、身体のまわりで淡いピンクの光が揺《ゆ》れる。

円《まどか》は、あの日母が着ていたワンピースの色だと思った。

「僕、ずっと謝りたかったんだ。ごめんね」

「私もよ。ごめんね、円」

「母さん……僕……」

なにか言うことがあったのに、なにを言ったらいいのかわからなかった。

母はやさしく微笑《ほほえ》むと、黙って円を抱きしめてくれた。

やわらかくて、いい匂いがして、周《しゅう》に抱きしめられたときのように言葉はなにもいらなくなった。

胸の底に溜《た》まっていた苦しい痛みが、ピンクの光に溶けて流れていくのがわかる。

そっと身体を放すと、母は円を見てもう一度微笑んだ。

「行ってくるわね」

「行ってらっしゃい」

円は笑顔で母に手を振っていた。


やさしい感触の夢を見た。でも、なんの夢か忘れてしまった。

ただ、胸の中が温かく、とても軽くなっていた。きっと周が泣いてもいいよと言ってくれたからだと思う。

障子越しの淡い光の中、夢の余韻《よいん》が身体を包み込んでいる。

そして、大好きな人がいる。

そっと周の腕をほどき、円は静かに上体を起こす。

「周……ありがとう」

顔をのぞき込んでつぶやくと、長い指が円の手首をつかんだ。

どきっとすると、周が目を開けた。

「起きてたの？」

「俺ら明日帰るから……エンちゃんももう一晩泊まって行き。いっしょに帰ろ」

周は円の腕を引き寄せて言った。

「でも……」

「あかん？」

円はちょっと赤くなって、首を横に振った。

夏休み……お終《しま》いにしようって言おうかな。そしたら、今夜……。

そこまで思って、円はもう一度首を振った。

いくら離れだからって、合宿所なのになに考えてるんだ……。

「どっちやの？」

「周、僕もう……」

夏休み終わりにしたい。

「帰りたいん？」

「ううん、そうじゃなくて…」

周がさらに腕を引いて、唇《くちびる》と唇がふれそうになった。

「コーチ、おはようございますっ」

声と同時にガラッと襖《ふすま》が開いた。まるで夏目《なつめ》家のドアのように。

「あ…っ…」

円が顔を上げると、Tシャツに短パン姿の隼人《はやと》がこっちを見ている。

「なにやってんだよ」

「えと……周…夏目先生が起きないから、起こそうと思って」

円はあわてて周から離れる。

「起きてるじゃん」

「おまえが大声出すから起きたんやろ。失礼しますくらい言うて開けろよ」

周が前髪をかきあげながらうざったそうに言ったので、円はくすっと笑った。よく言うよ。そんな習慣……じゃなくて風習、うちないじゃん。

「あいつわざと邪魔《じゃま》しに来た気ぃせえへん？」

隼人が用を済ませて出ていくと、周はそんなことを言った。

なんでそう思ったんだろう。円は、内心ぎくりとしたのを笑顔で隠す。

「ぜんぜん知らないから気にしないで入ってくるんだよ。律《りつ》さんたちみたいに」

「そらそうやな」

ほっと息をつく円に、周が顔を近づける。

「さっき言いかけたんなに？」

「え、えと……今夜、寝るときに話す」

と、口が言ってしまったので、気持ちも決まった。決めるしかない。

今夜、周に言う。

夏休みはまだまだあるけど、僕たちの夏休みはもうお終いだよって……。


「隼人ってば、どこ行くのっ」

朝のランニングを抜け出してきた隼人は、厨房《ちゅうぼう》で朝食の支度《したく》をしていた円を連れ出し、手を引いてどんどん河原に降りていく。

「いい眺めだろ？　この時間が一番きれいなんだ」

朝日が川面《かわも》に乱反射《らんはんしゃ》し、川岸の木々の枝で光の粒が躍っている。

眩《まぶ》しさに目の上に手をかざしながら、円は隼人を見上げた。

「サボっちゃって大丈夫なの？」

「円とデートするチャンス逃《のが》せるかよ」

「レギュラーのくせに、なに言って…」

「チャンスが来た瞬間を逃したら絶対に勝たれへん。バスケも恋も同じや」

急に大阪弁になる隼人に、円は怪訝《けげん》そうな顔をした。

「って、コーチがよく言うんだよな。練習中に」

「ふうん……」

そんな言葉、円は一度も聞いたことがない。もたもたと機会を逃してばかりいる自分に、どうして教えてくれないんだろう。

「コーチは、こんなこと円には絶対に言わないよな」

「どうしてだよ」

気になったところをつつかれ、ちょっとむっとする。

「当たり前だろ？　恋人にそんなこと言うやついるか？」

「どうして？」

子供のようにどうしてをくり返す円に、隼人は不機嫌《ふきげん》な顔になる。

「悔《くや》しいから、教えてやんない」

隼人の表情から、きっといい意味なのだと思い、円はほっとする。

コーチしてる生徒には言うけど、恋人には言わない言葉……だもんね。

円は、しゃがみ込んで清流《せいりゅう》に手を浸《ひた》す。ひんやりと冷たくて気持ちがいい。

昨夜《ゆうべ》もずっとこの水音が聞こえていた。

ふと、そのせいで雨の夢を見たことを思い出す。

でも泣かなかった。目覚めたときも淋《さみ》しくなかった。

周が抱きしめて眠ってくれたから……。

「ほんとは、コーチに逢いたくて追いかけてきたんだろ？」

「しつこいなぁ。忘れ物届けに来たんだって言っただろ」

甘ったるい胸の内を気取《けど》られまいとして、逆に強い口調になってしまう。

「歯ブラシじゃないことはたしかだよな」

「……」

隼人が相手じゃ、観念して本当のことを教えるしかなさそうだ。

「周ってば、僕が寝てるあいだに出かけちゃったから、行ってらっしゃいって言わなきゃって
……それだけだよ」

「行ってらっしゃいぃ？」

隼人は声を裏返して、目を見開いた。

「可笑《おか》しかったら笑っていいよ。僕にとっては重要なことなんだか…」

「笑えるか、馬鹿っ」

隼人はいきなり円のTシャツをまくりあげた。

「なにすんだよっ」

「あれ……？」

隼人は、まじまじと円のなめらかな白い肌を見た。

「昨夜、しなかった……とか？」

「……」

円は正直にうなずいた。隼人には嘘はつけない。つつきまわされて、どうせ吐かされるから。

「なんで？　朝、イチャイチャしてたじゃん」

「昨夜だけじゃなくて……したことないんだ。僕たち」

隼人は一瞬驚いた顔をし、すぐに眉をしかめた。

「いやらしいカンケー」

「なんもしてないって言ってるだろ」

円はひったくるようにTシャツの裾《すそ》を引っぱった。

「だから、やらしいっつーの」

「……？」

意味がわからず、円はきょとんと隼人を見た。

「行ってらっしゃいだけ言いにきたとか、同じ家に住んでてしてないとか……なんか、めちゃくちゃ色っぽいじゃん」

「もう……なにわけわかんないこと言ってんの」

人ができなくて苦労してるっていうのに……。

「おまえ、大事にされてんだな。いい意味でも悪い意味でも」

「悪い意味ってなんだよ」

「コーチはそーとー我慢してるってこと。あ、もしかして浮気してんのかな」

「……」

円が泣きそうな目をすると、隼人は憎らしそうな顔で額《ひたい》をつついた。

「なんだよ、その顔。絶対にないっておまえが一番わかってるんだろ。あーあ、なんだかんだいっても、コーチは大人だよな。俺だったら……」

「な、なに……」

隼人がにやっとしたので、円は逃げる態勢に入る。

が、一歩出遅れて腕をつかまれる。

「マジで怯《おび》えてんじゃねーよ。バーカ」

隼人は軽く円を突き飛ばすと、ははっと笑って走っていく。

よろけたついでに、円は河原にへたっと坐《すわ》り込《こ》む。

そうだよね……。周はよく我慢してくれてると思う。いろんな意味で……。

でも、今夜……。

自分の想像に赤くなってから、円は突然青ざめた。

「どうしよう……忘れてた……」

なんと、『コンビニに行ってきます』と言って家を出たまま、無断外泊してしまった。行ってらっしゃいを言わずに周が出かけただけで追いかけてきたくせに、家族に黙って外泊するなんて……。

ランニングに出かけてしまった周に、マネージャーの宮地《みやじ》に『急用ができて帰る』と伝言を頼み、急いで電車に飛び乗って家に戻ってきた。

「律《りっ》さん、律さんっ」

円は、泣きそうになりながら玄関から律の仕事部屋に走っていく。

急いで戸を開けるが、仕事部屋はがらんとして、いつもかかっている有線《ゆうせん》も切られている。

まさか、仕事ほっぽりだしてみんなで捜《さが》し回《まわ》ってるとか……？

「律さん、堀《ほり》ちゃん、誰かいないのぉ!?」

円が叫ぶと、台所のほうから声がした。

「エンちゃん、こっちこっち」

堀江《ほりえ》に手招きされてあわてて飛んでいく。

と、四人は遅い朝食を食べているところだった。

のんびりとした雰囲気《ふんいき》にあれっと思ったが、円は急いで頭を下げる。

「ごめんなさいっ」

「えらい遠くのコンビニ行ってたんやね」

律は箸《はし》でアジのひらきをつつきながら笑った。

「けど、早かったやんか。明日、周たちといっしょに帰ってくる思てたのに」

「……」

絶句する円に、律は面白そうに笑った。

「電話のとこのメモなくなっとったから、周んとこ行ったんやなって」

「なっ…なななんでっ」

「黙って行ってしもたいうて拗《す》ねてたやんか。周に文句言いに行ったんやろ？」

「え？　う、うんっ。そうっ」

律の勘違《かんちが》いにほっとし、ついでに便乗《びんじょう》させてもらう。

「こっちから確認の電話したかったんやけど、エンちゃん電話番号書いたメモ持っていってしもたやろ」

「あ……」

「けど、夜になって周から、エンちゃんメシスタントに借りるいうて電話あったから」

「そ……そうだったんだ」

さすが大人というか、それが当たり前なんだけど……。

周ってば、なんにも言ってくれないから……。

っていうか、僕って馬鹿？

「エンちゃんも、そんなあわてて帰ってくる前に電話してきたらよかったのに」

「……僕も今そう思った」

円はがっくりきた声で言い、

「エンちゃんって……」

天然ぶりを存分に発揮《はっき》して、思いっきり爆笑されてしまった。

どっと疲れたが、とりあえず安心した円は、周に謝ろうと思った。もちろん今度はちゃんと電話で。と、思ったのに、メモをなくしてきてしまっていた。隼人の携帯番号は知っているけれど、合宿所には持ち込み禁止になっている。

律たちは、もう明日帰ってくるからええやんと笑っていた。

きっと向こうからかかってくると言われて待っていたが、周から電話はなかった。

怒ってる？　違う？

どっちでもいいから早く帰ってきて。

急いでごめんねって謝って、早く言いたい。

夏休みは終わりだよって……。

早く逢いたくて、言いたくて、円は周の帰りを心待ちにしていた。

が、翌日の昼過ぎに戻った周は、思いっきり不機嫌な顔をしていた。

円は理由をちゃんと話して謝ったが、むっつりとしたまま目も合わさない。そして、合宿から戻ったばかりだというのに、学校に教材を作りに行くと言いだした。

話があるから待っていたと言っているのに、服を着替えるともう玄関で靴を履《は》いている。

「ねぇ……昨日、どうして電話くれなかったの？」

「本人がおらへんのに、声だけ聞いてもしゃあないから」

周らしくないセリフに、円は啞然《あぜん》とする。

「なにそれっ。僕ずっと待ってたのにっ」

「声聞いたら……」

言いかけて周は視線を落とし、顔を上げるとしらっとした顔で言った。

「一昨日、俺がどんだけ我慢してお兄ちゃんとして、おんなし布団で寝たと思ってんの？」

なんか、その言い方だと……やりたかっただけ、みたいじゃない？

「自分がお兄ちゃんとしてって言ったんじゃんっ」

円は頰《ほお》を赤くして抗議する。

「俺とエンちゃんは夏休みやろ。大人が、子供とした約束破るわけにいかんからな」

「子供って、もしかして僕のこと？」

「うちの家族で子供はエンちゃんだけやろ」

人のことを子供子供と言いながら、いつまでも大人げなく怒っている周に、円はだんだん腹が立ってきた。

約束破ったのは悪かったけど、仕方なかったし、ちゃんと謝ったのに……。

エッチできなかったからって、そんなに怒っちゃうなんて……。

「もう……わかった。もういいっ。夏休みやめるのやめないっ」

「え…？」

「もう夏休みやめるって、昨夜言うはずだった。でもだめになったから、今日周が帰ってきたら真っ先に言おうと思って待ってた。でも……周がそんなしつこく怒ってるなら、もう……学校の夏休み終わっても、冬休みになっても、僕と周はずうっとずうっと夏休みなんだからねっ」

そう言ったら、周はいつもみたいに、ごめんごめんと笑ってくれると思った。思ったのに……。

「ええよ、べつに。俺、エンちゃんにふられんの慣れてるから」

周は抑揚《よくよう》のない声で言うと、円の顔も見ずに出ていってしまった。

円は呆然《ぼうぜん》と玄関に立っていたが、すぐに開《あ》けっ放《ぱな》していった戸から周が戻ってきた。

やっぱり仲直りしてくれるのかと思ったら、「行ってきますっ」と叩きつけるように言う。

条件反射みたいに、円も「行ってらっしゃい」と言ったが、周は怒った顔のまま、しっかり戸を閉めて出ていってしまった。

今度はもう戻ってこなかった。

「お終い……なの？」

円はかくんと床に膝《ひざ》をついた。そして、ずるずると倒れ込み、ひんやりした板張りの床に頬をつけ、目を閉じた。


「おい……なにやってんだよ」

声に目を開けると、玄関の戸口に隼人がいて、ひどくうろたえた顔で、腕を伸ばして紙袋を渡そうとしている。

「コ、コーチの忘れもの……受け取れよ」

と言いながら、どんどんあとずさっていってしまう。

「そっちこそ、なにやってんの？」

「おまえ……後ろ見てみ」

円は身体を起こしながら振り返り、自分の背中でアオコとアオタが並んで眠っているのに気づき、ぎゃーっと叫んで隼人に抱きついた。

「ラッキー」

隼人が嬉しそうに円を抱きしめる。が、円は抵抗せずじっとしている。

「円……？」

円が泣いているのに気づいて、隼人は顔をのぞき込む。

「どうした？」

「……終わっちゃった」

「なにがだよ？」

「もうだめなんだ……周に嫌われた」

「嘘だろ……」

本気にしてくれない隼人に、円は鼻をすすりながら、合宿所から突然消えた理由と、さっきの周とのケンカの内容を話して聞かせた。

「円って、英語はクラスで一番だけど、日本語の読解力はゼロだな」

隼人は下駄箱に寄りかかり、うんざりという顔をした。

「今の話、ただのノロケじゃん」

「どこがだよっ」

まだ少し赤い目で、円は隼人をにらんだ。

「へぇ、そう。ほんとにだめになったんだ。チャンスじゃん」

と言うが早いか、隼人は円の両手首をつかみ、強引にキスしてきた。

「んんっ…」

唇を奪われたまま、円は腕を必死に振りほどく。

「なにすんだよっ」

隼人を押し返すと、円は肩で息をつきながらにらんだ。

「そんな顔して……どこが終わってるわけ？　自分に惚《ほ》れてるやつに、簡単に終わったとかだめだとか、喜ばせるような嘘つくなよ」

「嘘じゃないもん……」

「ったく、俺って円のなんなわけ？」

「あ……まだ名前考えてない」

隼人はずるっと下駄箱にもたれかかった。

「俺、円と漫才《まんざい》コンビやりたいわけじゃないんだぜ」

「……ごめん」

しゅんとなる円に、隼人はけしかけるように言った。

「どこ行けばいいかわかってるなら、さっさと行けよっ。これ以上ぐずぐずしてたらマジで襲うからなっ」

「……」

円はキッと隼人をにらみつけると、家の中に駆け上がり、アオコとアオタを踏まないように慎重に迂回《うかい》し、バタバタと律の仕事部屋に走っていった。

「ど、どうしたん？」

円がいきなり入ってきたので、律とアシスタントたちが驚いた顔をする。

「学校に行ってきますっ」

「あ……ああ、車に気ぃつけて行っといで」

挨拶《あいさつ》を済ませると、また慌《あわ》ただしく玄関に戻ってくる。そして、隼人を無視して急いでスニーカーを履いて出ていく。が、すぐに戻ってきて、

「行ってきますっ」

隼人は真剣に言う円に呆気《あっけ》にとられ、それから額を押さえて笑いだす。

「おまえって……なんでそんな面白いの？」

「行ってきますっ」

円はムキになって言い、隼人はため息をついて、ひらっと手を振った。

「行ってきやがりなさい」


息を切らしながら、円はがらんとした校舎の廊下を走っていく。

視聴覚教室のドアの前でひとつ深呼吸をする。が、走ってきたので息は激しく乱れたままだ。

ドアを開けたときに光が入らないように内側に厚い黒いカーテンが掛かっているので、円は

気づかれないように潜入《せんにゅう》できた。

周は、ひとりでスクリーンに映し出された怪獣《かいじゅう》映画を観ていた。

教材作りの仕事ではなく、ただ観ているだけのようだった。

音量をＭＡＸにしているのだろう。重厚《じゅうこう》なＢＧＭに合わせ、建物の破壊音と恐竜《きょうりゅう》の声のような轟音《ごうおん》が身体にも響いてくる。

スクリーンの光に照らされた周の横顔は、怒っているようにも、淋しそうにも、なんにも考えていないようにも見える。

でも、周がどう思ってるかなんてもう関係なかった。

円は肩で息をつきながら、後ろ手に教室の鍵を掛けた。

そのままゆっくりと周のほうへ近づいていく。

「エンちゃん……？」

円がいるのに気づいて、周は驚いた顔で立ち上がる。

息を弾《はず》ませ、胸を上下させながら、円は周をにらみつけた。

「ぎゅってして」

「え？」

「今すぐに、ぎゅうってしてっ」

円は、返事を待たずに周に抱きついた。

「夏休みはどうなったん？」

「そんなの知らないっ」

周の身体にしがみつく。

「わがままやなぁ……」

周は嬉しそうに笑うと、円をきつく抱きしめてくれた。

やっとわかった。わがままは悪いことだって思ってたけど、言ってもいいときもあるんだって……。言ったほうがいいこともあるんだって……。

僕は周の弟で、恋人なんだから……。

「あ…」

周が小さく声をあげた瞬間、円も密着させた周の身体の変化に気づく。

「どないしよ……」

周が気まずそうに笑う。

「エンちゃん、ええ匂いするから……正義の味方が変身してしもた」

「して」

「え？」

「変身して、僕のこと遠くに連れてって……」

潤《うる》んだ目でせがむと、周は正義の味方の顔になって言った。

「ほな、M78星雲《せいうん》まで行こか？」

うなずく代わりに、円は唇をうすく開いて目を閉じた。

息が止まるようなキスをして……。

心も身体も、隙間《すきま》なく抱きしめて……。

真夏の午後の暗室《あんしつ》。もつれあうふたりの背景では、ゴジラが国会議事堂《こっかいぎじどう》を破壊していた。

8

「エンちゃーん、こっちおいでー」

夕食後、律《りつ》に頼まれたかき氷のシロップを買って帰ると、庭のほうから声がした。

急いで走っていくと、律と夏目組《なつめぐみ》のアシスタントたちが全員庭に出ていた。

「みんな揃《そろ》ってどうしたの？　こんな時間に庭掃除？」

「エンちゃん、掃除好きやねぇ」

堀江《ほりえ》に笑われ、思わずどきんとする。

意味深に聞こえてしまうのは、円《まどか》が律たちに嘘をついているからだ。

合宿から周《しゅう》が戻った日、周と円は学校へ行き、服を埃《ほこり》だらけにして帰ってきた理由を視聴覚教室の大掃除をしてきたからだと言ってしまった。こっそり帰って風呂に入ればわからないと思っていたのに、原稿を仕上げた律たちが玄関で担当編集者を見送っているのと出くわしてしまった。

「そ、掃除は好きだよ。きれいになるの楽しいもん」

あのときと同じセリフを言って、笑ってごまかすしかない。

ぐるぐる迷ったり悩んだりしてたくせに、初めての場所が学校だったなんて……。

頭と身体の熱がすっかり冷めてから、自分の大胆さに驚いた。

「残念ながら、掃除やなくて花火大会や」

「え…？」

「掃除より、楽しい思うよ」

律は片目をつぶって笑った。

「わ……これ、どうしたのぉ？」

縁側《えんがわ》に、営業用の大きなかき氷機がどんと置いてある。

「レンタル屋行ったらなんでも貸してくれるねんよ」

夕食のあとに買い物を頼まれるなんて珍しいと思ったら、こんなの用意してたんだ。

「すごーい……」

円は瞳を輝かせながら、コンビニの袋に入ったいちご味とメロン味のシロップのボトルを胸に抱いた。

「あ、あれ……？」

円がきょろきょろと庭を見回すと、添田《そえだ》がすかさず言う。

「周ちゃんやったらすぐ帰るよ。蚊取《かと》り線香頼んだんや」

「え、言ってくれたら、ついでに買ってきたのに……」

「頼み忘れや。すぐに戻るし、先に始めてよ」

「はい、どーぞ」

堀江が缶ジュースを配《くば》りだしたのを見て、円は不思議そうな顔をした。

「律さんたち、ビールじゃないの？」

「エンちゃんといっしょのときはみんなジュースや」

「どうして？　せっかく花火大会なのに、未成年につきあわなくても……」

「こないだの打ち上げで、間違ってエンちゃんに酒飲ましてしもたやろ。親父にめっちゃ怒られたから、飲むんやったらエンちゃんのおらへんとこでってな」

そう、『H・H・H』の前章の完結祝いをした居酒屋で、円は自分のオレンジジュースと隣《となり》にいた堀江のオレンジサワーを間違って飲んで眠ってしまったのだった。

目が覚めたら夜中で、周がベッドのそばにいて心配そうな顔でのぞき込んでいた。

父は円にはなにも言わなかったので、叱《しか》られていたことは知らなかった。

「……迷惑かけちゃったんだ」

「こいつらザルやから経費節減や」

経済観念のない律が、そんなことを本気で言っているはずはなく……。

「僕……打ち上げ行けなくなっちゃうじゃない」

「エンちゃんの二十歳の誕生日まで、打ち上げはジュースや。そんなんあっという間や」

「五年もあるのに……」

「はいはい、早よ大きなってな。ちゅうことで、まずはエンちゃんからひと言どうぞ」

律に背中を押され、円はえっと顔を上げた。

「夏目家の花火大会って、開会の言葉とかするの？」

律はくくっと笑い、それから咳払《せきばら》いをしてまじめな顔になった。

「今日はただの花火大会やなくて、IIHのヒットをエンちゃんに感謝する会やねんよ」

円は大きく目を見開いた。

「もしかして……周？」

「エンちゃんが、隅田川《すみだがわ》の花火大会より庭でみんなで花火したい言うてたって」

周の馬鹿。そんなこと言ってないよ。思ったけど……。

「それ聞いてみんなでめっちゃ感動したんやけど、ほんまにこんなんでええの？」

円は泣きそうになり、ジュースの缶を両手で握《にぎ》りしめてこくこくとうなずいた。

「すごい嬉《うれ》しい……子供の頃から夢だったから」

「そらよかった」

ほっと頬《ほお》をゆるめる律に、アシスタントたちもよかったよかったとうなずきあう。

「ほな、あらためてエンちゃんからお言葉を」

パチパチと拍手《はくしゅ》をされて、円は赤くなりながらちょこんと一歩前へ出た。

「えと……『H・H・H』タイムトラベル編の大ヒットおめでとうございます。あと……漫画のまどかちゃんを見習って、僕もちょっとは素直になろうと思います」

冗談ぽく結んで、円はぺこりと頭を下げた。

「見習うて、怪獣《かいじゅう》少女のまどかはエンちゃん真似《まね》して作ったキャラやんか」

律が怪訝《けげん》そうな声を出す。

「顔と、すぐ怒るところをでしょ？　でも、まどかちゃんは僕と違って、いつも主人公の彼に素直に自分の気持ち表現しててうらやましいもん」

「たしかに、エンちゃんはなかなか思《おも》てること言うてくれへんけど……」

そこまで言って、なぜか律はぷっと吹き出し、

「ぜーんぶ顔に出てしまうから……丸わかりやねんよ」

「……」

丸わかり？　そんな……。まさか、周とのことも……？

ジュースの缶を手に、円は呆然《ぼうぜん》と立ちすくむ。

「じゃーん、エンちゃんの弟と妹が来たよ」

声に振り向くと、周がキャリーケースを持って嬉しそうにやってくる。

「あっ、周……あのねっ…」

円は周に駆け寄ろうとしたが、先に律が捕《つか》まえてしまった。

「その不吉なキャリーケースはなんやっ。おまえ、予約しとったエンちゃんのプレゼント取りに行く言うて……まさかトカゲ買《こ》うて来たんとちゃうやろうなっ」

プレゼント？　円はきょとっと周を見た。

「安心し。カードは使ってへん。これはもらいもん。タダや」

「大阪《おおさか》のトカゲ女の圭《けい》ちゃんか!?」

「二十分でどうやって大阪行って帰ってこれんねん。ほら、出てええよ」

「うわっっ」

ケースの中からなにか小さな動物が飛び出してきて、全員がジュースの缶を放り出して、庭のあちこちに散らばった。

「一匹ちゃうっ。ぎょうさんおるっっ」

「えっ、ぎょうさんってなに!?　爬虫類《はちゅうるい》!?」

円はあわてて律の背中に隠れる。そして、おそるおそるのぞき見る。

「あっ…」

見覚えのある身体の模様に、円は小さく声をあげた。

写真より少し大きくなっているが、それは隼人《はやと》の里親《さとおや》募集のポスターに載《の》っていた子猫の三兄弟だった。

「周、この子たち…」

「隼人が、三匹まとめてもらってくれるやつが見つからへんって困っとったから、うちで引き取ることにしたんや。かまへんやろ、律？」

「トカゲ三匹やったら考えるけど、猫は大歓迎や」

思いっきり事後承諾《じごしょうだく》な周を咎《とが》めもせず、律は嬉しそうに白い子猫を抱き上げた。

「ちっちゃー」

「めっちゃ可愛《かわい》いー」

「ふわふわや……」

縁側や塀《へい》の上に避難していたアシスタントたちも戻ってきて、さっそく子猫をいじりまわしている。

「アオタんときとめっちゃ差別やんか」

むくれる周を見て、円はくすっと笑う。

「おまえたち、いい家族にもらってもらえてよかったなぁ」

声に振り向くと、Tシャツにジーンズ姿の隼人が立っていた。

「コーチが庭で花火大会するから来いって。面白そうだから、こいつら見送りがてら……」

「ありがと……大切に育てる」

円は隼人を見上げ、隼人も円を見つめる。

「俺も円に飼ってもらえて嬉しい。ときどき、こいつらに会いに…」

「あ、肝心《かんじん》なこと忘れとった」

周が円と隼人のあいだに割って入ってくる。

「名前、連れてくる道々考えといたんや。こいつがガイアで、こっちがダイナ。ほんでこれがティガ…」

言い終わらないうちに、律が後ろから周の後頭部を叩いた。

「それ、ウルトラマンの名前やないか」

怪獣じゃなくて、ウルトラマンか……。円は小さく吹き出した。

「そんな見た目と一致《いっち》してへん名前どうやって覚えんねん。シロ、クロ、トラにしとき」

「見たまんまやんかー」

「アオコとアオタかて、見たまんまやないか」

猫の名前で兄弟ゲンカを始める律と周を、円があわててとりなす。

「周、律さん。この子たち、隼人のお姉さんがちゃんと名前つけてくれてるんだ」

律と周は、「そうなん？」と言って隼人を見た。

「里親の人が好きな名前つけてくれていいんですけど……とりあえず、黒と茶トラのメスがアンコとキナコで、白のオスがシラタマって」

「色が合ってて覚えやすいし、可愛いでしょ？」

「俺、甘いもん苦手やねんけどなぁ……」

周は残念そうな声を出し、律の抱いているシラタマの小さな頭を指でつついた。

「いいじゃない。食べるわけじゃないんだから」

「いや、こいつは食うかもしらん。意外と可愛いもん好きやからな」

「なっ…」

律の言葉に周は赤くなる。

「ほんまほんま」

アシスタントたちにも笑われ、周は「おまえらまでなんやねんっ」と怒ったが、

「エンちゃんが気に入ったんやったら、甘味《かんみ》三兄弟でええか」

と言ってくれた。

「ありがとうっ」

円は思わず周に抱きついた。

が、瞬間、まわりの視線を感じてあわてて離れた。

「かまへんよ」

律の言葉に、円はどきっとなって顔を見る。

「ただし、俺らにも平等に同じことしてくれるんやったらな」

律は白い歯を見せてにっと笑い、

「俺らみんなエンちゃんのお兄ちゃんやねんから、サベツはあかんよ」

棚橋《たなはし》の言葉に、添田と堀江も大きくうなずいた。


だよね。こんなに苦労して隠してるのに、そんな簡単にばれるはずないもんね。

バチバチと弾《はじ》ける光を見つめながら、円はくすっと笑った。

「おまえさぁ、呑気《のんき》そうに和《なご》んでていいのかよ」

花火を持った隼人が、隣に屈《かが》みながら小声で言った。

「ここんちって、狼《おおかみ》の群《む》れに子羊《こひつじ》状態じゃん」

「僕のこと襲《おそ》う狼は周だけだもん」

余裕《よゆう》の笑みを見せる円に、隼人はきゅっと眉を寄せる。

「ムカつくなぁ……俺のおかげでうまくやっちゃったんだ」

「やっちゃったとか言わないでよ」

「幸せそうな顔で、言わないでよ、とか言わないでくれる？」

むくれる隼人に、円は申し訳なさそうに苦笑する。

「隼人には感謝してる。ありがと」

「……」

円の笑顔に隼人はため息をつき、ぼそっと言った。

「感謝なんかされるくらいだったら、恨《うら》まれるようなことすればよかったかも……」

「ちょっと、隼人…」

「可愛い顔で『ありがと』とか言って、終わりにできると思ったら大間違いだかんな」

すくっと立ち上がると、隼人は終わった花火をぽいと水の入ったバケツの中に投げた。

そして、頭にタオルで鉢巻《はちま》きをしてかき氷を作っている周の前に行く。

「コーチ。俺、絶対に負けませんから」

真《ま》っ直《す》ぐに周を見る。

「おまえなぁ……負けん気強いのはええけど、遊んでるときくらいバスケのこと忘れ」

周は笑いながら隼人の額をつつき、「メロンといちご、どっちがええ？」と訊いた。

「いちごいただきますっ」

勝気な目で隼人が言い、円は小さく吹き出した。

なにもわかっていない周と、ちっともメゲていない隼人。なにも知らずに楽しそうに花火をしている律とアシスタントたち。その足元では、子猫が無邪気《むじゃき》にじゃれあっている。

円は、なぁんだと思った。

そっかそっかとひとりで笑ってしまう。

必死に探し回っていたけれど、答えはこんな簡単なことだったんだ。

円は立ち上がり、周に向かって大声で言った。

「僕のはメロンにしてよねっ」

いちご味より、メロン味のほうが好きだから。

ただそれだけのこと。ただそれだけの、すごいこと。

好き。

大阪弁《おおさかべん》に訳すと……。

「好きやねんっ」

円は、世界を明るくする魔法の言葉を叫んだ。

Too Sweet

トゥー・スウィート

「新キャラできてへんのに、打ち上げかぁ……」

居酒屋の座敷のテーブルに頬づえをつき、律《りつ》がため息を洩らす。

金髪に近い茶色い髪と、パイナップル模様の派手なシャツとは対照的に、本人は思いっきり地味に沈み込んでいる。

「つぎつぎ売れるキャラクター考えなくちゃいけないなんて、漫画家の先生って大変だね」

隣から、円《まどか》が尊敬と同情の眼差《まなざ》しで律を見上げる。

「わかってくれる？」

「わかる。ていうか、すごいよ。僕だったらそんなプレッシャー絶対に耐えられないもん」

「エンちゃんはやさしいなぁ……。周《しゅう》に同じこと言うてみ。すぐに才能枯れたんちゃうか、やめやめやめって言いよるわ」

テーブルに運ばれてくる料理や飲み物を横目で見ながら、律はまたため息をつく。

「そんなことないよ。周いっつも生徒に少年ジャンク読めって言ってるし……律さんの仕事がどんなに大変かも、一番わかってると思うよ」

「可愛《かわい》いなぁ。新キャラ、エンちゃんモデルにしよかな」

「だめだよ、そんな投げやりになっちゃ。たくさんの読者が律さんの漫画楽しみにしてるんだから、がんばって面白いキャラクター考えなきゃ。ねっ？」

円の笑顔と得意のガッツポーズに、律もつられるように微笑《ほほえ》んだ。

「ほな、とりあえず、『H・H・H』スペーストリップ編完結に乾杯しよか」

明るい声を出し、生ビールの中ジョッキを持ち上げる。

「周が来てないよ」

中間テストの採点で遅れている周を気にして、円は入口のほうを見る。

「ええねん、あれは部外者やから。ビールぬるなるし、先に始めてよ」

「それだったら僕だって……」

「なに言うてんの。エンちゃんは夏目《なつめ》組のスタッフやんか」

「消しゴムかけるだけなのに……？」

「堀《ほり》が忙しいときは家事やってくれたり、夜中に起きて夜食作ってくれるやんか。堀のメシもうまいけど、エンちゃん作ってくれるスープとかサンドイッチ、めっちゃうまいよなぁ？」

夏目組のアシスタント、棚橋《たなはし》、添田《そえだ》、堀江《ほりえ》の三人が大きくうなずく。

「そ……そっか」

円は頬を赤らめながら、オレンジジュースのグラスを手にした。

「ちゅうことで、みんなお疲れさん。また、明日からよろしゅう頼んます。とくに今回は、新メンバーのエンちゃんに感謝を込めて……」

「カンパーイ」

四人にグラスを向けられた円は赤くなり、あわててジュースをごくごくと飲む。

「おー、ええ飲みっぷりやな」

やんやと拍手をされ、手の甲で口を拭《ぬぐ》いながら円はえへっと笑う。

「喉渇《のど》いてたから、イッキしちゃった」

「ジュースやからええけど、絶対にそれお酒でやったらあかんよ」

円は嬉《うれ》しそうにうなずいたが、いつも無礼講《ぶれいこう》だと言ってつぶれまくる律のらしくない言葉に、棚橋と添田はにやにや笑いを浮かべている。

「あーっっ⁉」

突然、右隣の堀江が大声を出したので、円はうっと右耳を押さえ、律たちは「なんやねん」という顔をした。

「こ、これジュースなんですけど……」

サワーとよく似たグラスに入ったオレンジジュースが、堀江のごつい手の中にある。

そして、円の手には空になったオレンジサワーのグラスが……。

「あれ……???」

円は急に焦点《しょうてん》の定まらない目になり、ふうっと倒れそうになるのを律が支えた。

「大丈夫か⁉」

「う…うん、平気……なんか急に眠くなっちゃって……」

円は眠そうに目を擦《こす》り、律はほっと息をつきながら円の手からグラスを取り上げた。

「エンちゃん、これジュースみたいやけどお酒やねんから気ぃつけな…」

「なんだよっ。律さんたちこそ、気をつけてよっ」

いきなり円が反抗的な言葉を吐いたので、全員がぎょっと顔を見た。

「前から思ってたけどぉ……もう、すっごい困ってるんだからねっ」

グラスを取り違えたことを言っているのではないらしい。しかも、酔っぱらっている。

律は心配そうに円の顔をのぞき込む。

「なに、困ってるって？」

「うちってヘンだよ。なんでノックしないでいきなり人の部屋に入ってくるわけ？」

「ご、ごめんな。うち、みんなガサツやから…」

「周とキスできないじゃんっ」

「……!?」

律は肘《ひじ》でジョッキを倒し、対面の席の添田があわててお手拭きで拭く。

「エンちゃん、今なんて……？」

「みんながぁ、わっていきなりドア開けるからぁ、周とキスできないのっ」

「……」

夏目組全員が、同じ表情で固まった。

「なにその顔？　悪い？　周と僕がつきあってたら、そんなにヘンなわけ？」

円の目が据《す》わってきたので、律はなだめるように背中を叩いた。

「い、いや。周がそういうやつやいうのは知っとったから……けど、まさか相手がエンちゃんとは夢にも思わへんから…」

「律さん周のこと知ってたの⁉」

円は律のシャツの袖《そで》をぎゅっとつかんだ。

「そら、兄弟やから……ちゅうか、なんとなくわかるよなぁ？」

律に振られて、棚橋と添田がうなずく。

「ひどーい。みんな嘘つきじゃーん。周のこと、女の趣味が悪いとか言ってたくせにっ」

「ごめんな。家ん中にそういうやつおったら、エンちゃんこわがるんちゃうか思って……」

「そっか……だよね……うん……」

また急に眠気に襲われたのか、円はとろんとした顔で律の肩に寄りかかる。

「その心配は無用やったみたいですね」

人ごとみたいな顔であくびをする円に、堀江が苦笑する。

「けど……周ちゃん、いつの間にエンちゃんに手ぇ出したんやろ」

「いっしょに暮らして半年も経《た》ってへんのに、めっちゃ素早いな」

棚橋と添田が呆《あき》れたように、でも楽しげに言った。

「周はぁ、手なんか出してないよー」

「えっ？」

「手出したの……僕だもん」

「ええっ!?」

夏目組全員が同時にのけ反《ぞ》った。

「僕が先に、好きだって言ったんだ。そしたら、周に好きやねんって大阪弁で言えって言われて……」

「エンちゃん、好きやねんって言うたん？」

「周がキスしてきたから……言えなかった」

「……」

四人は頬を赤くして円を見つめた。

「だからね……っ…」

円が急に涙ぐんだので、律はあわてて顔をのぞき込む。

「ど、どしたん？」

「ノックしてくれる？　キスしてるのに、がーって入ってきたら困るでしょ？」

「そ、そら悪かったなぁ。まさか、そういうことしてるって知らんかったから……」

「それにね……周ってば、僕が必死に隠してるのに、学校でもどこでも人前でベタベタしてきて、ばれちゃうと思わない？」

笑っても困っても、棚橋の目は定規《じょうぎ》で引いた線のようになる。

「い、いや……周ちゃん子供好きやし、弟ができて嬉しいんやなって……俺らはぜんぜんわからへんかったし……。学校でも、仲いい兄弟やて思われてるだけちゃうかなぁ」

「そっか……よかったぁ」

目に涙を浮かべたまま、円はほっと笑顔を見せる。

「大変やなぁ……エンちゃんも」

太い眉を下げ、添田が同情の言葉をかけると、円はくすんと鼻を鳴らした。

「ん……どうやって甘えたらいいかわかんないし……」

しおらしく言いながらうなだれたと思ったら、円はキッと顔を上げた。

「みんなが邪魔するしっ、毎日どきどきするしっ、律さんの漫画より、ずうっとずうっと大変なんだからねっ」

さっきと逆のことを言いだす円に、律はハハハと笑い、アシスタントたちがいっしょに笑うと、バシバシと順番に頭を叩いた。

「だから……みんな、約束してくれる？」

円の目にまた涙が浮かび、律は円の頭を撫《な》でながら「するする」と言った。

「今言ったこと……律さんや夏目組のみんなに絶対しゃべっちゃだめだよ」

「……」

律とアシスタントたちは、口を「あ」や「え」の形にしたまま停止した。

「みんなに知られたら……僕、死んじゃうからね」

「し、知られたらって、エンちゃん自分で全部言うて…う、」

テーブルの下で、棚橋が堀江の足を蹴《け》ったらしい。

「わかった。内緒《ないしょ》やな。エンちゃんはなんも言うてへんし、誰も聞いてへんから大丈夫や」

律は円の両肩に手を置いた。

「ほんと？」

「だから泣かんでええよ」

「律さぁん」

円に抱きつかれ、律はなぜか赤くなる。

「先生……なに赤なってるんですか？」

「なってへんっ」

「でも、悪いのは律さんたちじゃなくて……周だよね？」

円が潤《うる》んだ目で律を見上げる。

「そうや、いっちゃん悪いんはあいつや。大人のくせにエンちゃんのことこんな悩ませて、ほんまに許せんやっちゃ」

アシスタントたちも、律に便乗《びんじょう》してうんうんとうなずく。

「来たらぶっ飛ばしちゃおーかな」

「そらええわ。遠慮なく、がつーんとな」

「がつーんと……ね……」

むにゃむにゃと言いながら、円は胡座《あぐら》をかいた律の膝に頭をのせて眠ってしまった。

「エンちゃん、アルコール入るとめっちゃ人格変わるなぁ」

「ちゅうか、ふだん出してない人格が出てきてるんちゃいます？」

「やっぱり、まだ遠慮して気ぃ遣《つか》ってるんやろなぁ……」

添田、堀江、棚橋はしんみりとなり、

「しらふのときも、もうちょっとこっち出してくれるようになったらええねんけどな」

律は膝で眠っている円の髪をやさしく撫でた。


「おまえら、エンちゃんに酒飲ましたんか!?」

遅れて店にやってきた周が、円が赤い顔で律の膝で眠っているのを見て怒鳴《どな》った。

「ちゃいますよ。エンちゃんが、俺のサワーとジュース間違えて飲んでしもて…」

「アホっ」

周に頭を叩かれ、堀江は大きな身体をすくめた。

「大人が四人もついとってなにやってんねん。エンちゃんまだ十五やねんぞ」

ぼやきながら、周は律の横に屈《かが》んで円を抱き起こす。

「エンちゃん……大丈夫か？」

「うー…」

呻《うめ》きながら、円は周にもたれかかってきた。

「ど、どした？　気持ち悪い？」

「ううん……気持ちいい……」

と言いながら、ぐたっと反対側にひっくり返りそうになる。

「エンちゃんっ」

周があわてて支えると、

「だっこして……」

円は周の首に腕をまわした。

「さっき、甘え方がわからへんって言うて…」

「しっ…」

棚橋が添田の口を塞《ふさ》ぐと、周はじろっとふたりをにらんだ。

「なんや、こそこそと」

「い、いや……エンちゃんが、周ちゃんに言いたいことあるんやて。なぁ？」

「なんらっけ？」

ぼんやりした顔をする円に、棚橋は困ったように線になった目の端を下げた。

「周ちゃんのこと、ぶっ飛ばす言うてたやんか」

「んー…」

円は大きくうなずき、

「好き……」

周の胸にことんと額をつけた。

「す、好きって……エンちゃん子供やねんから、酒はまだあかんよ」

周が焦《あせ》ってごまかすと、

「今の、酒が好きって言うたんやろか？」

律はわざとらしく惚《とぼ》け、アシスタントたちも首をひねってみせた。

「あかん……俺、連れて帰るわ」

「寝かしといたらええやんか」

「あかんっっ」

周は円をおぶってあたふたと店を出ていき、戸が閉まるのを見届けた夏目組の四人は思いっきり吹き出した。

「エンちゃん、大丈夫か？」

背中でぐったりしている円に、周が心配そうに声をかける。

「周がしゃべんなきゃ……らいじょーぶ」

「え？」

「僕たちのこと……絶対に秘密だよ……」

酔っていてもいつもと同じことを言う円に、周は思わず苦笑する。

「俺……よっぽど信用ないんやな」

「周はぁ、口が軽いから……信用なーし……」

苦笑いの顔のまま、周は円をよいしょと持ち上げ、ひとり言のように言った。

「けど、いつかは話さんとあかんやろな……ちゅうか、自然にばれると…」

「だめっ」

円がぎゅっと首を絞《し》めたので、周はゴホゴホと咳《せ》き込《こ》んだ。

「だ、だめって……エンちゃんさっき急に好きとか言うから、俺どきっとしてんよ」

「……好きなんだもん」

円の素直な告白に赤面しながら、周はたしなめるような声で言う。

「エンちゃん、酔っぱらって言うてることばらばらになってへん？」

「酔っぱらってないよっ。お酒なんて一滴も飲んでないもん。オレンジジュースだもん……だから、だいじょーぶ……」

とろとろとフェイドアウトしてしまう円に、嬉しそうな苦笑いを浮かべながら、周は居酒屋の明かりを振り返った。

「めっちゃ危なかったなぁ……。急いで来てよかったわ」


「できたっ」

居酒屋の中では、律が大声をあげていた。

「次の章の新キャラ、決まりや」

「ほんまですか!?」

アシスタントたちが期待を込めた目で見つめると、

「素直で明るい料理上手な美少女やねんけど、怒ったらいきなり巨大怪獣《かいじゅう》に変身するんや」

律も目を輝かせて言った。

「怒ったら……怪獣……」

「おもろいですね」

「イケますよ」

口々に言ってから、アシスタント三人は顔を見あわせる。

「もしかして、その子の名前……」

「なんぼ探しまわっても見つからへん青い鳥は、自分んちにおるってほんまやな」

律は満足そうにうなずき、三人はやっぱりという顔をした。

「モデルにされたってわかったら、怒るんちゃいます？」

「女の子として描くし、漫画読まへんみたいやから気づかへんやろ」

「消しゴムかけしてるときも、夏目リツのナマ原《げん》やのに、消すのに必死でぜんぜん原稿の中身見てへんみたいやもんなぁ」

「そこがエンちゃんのええとこや」

律は怪獣少女そのものの弟の顔を思い浮かべ、愛《いと》しそうに微笑んだ。

「せやけど、俺らとんでもないこと聞いてしもたような……」

つくねの串《くし》を手に、堀江が声を低くして言った。

「聞いてへんねん」

律は堀江の手から串を取り上げた。

「なんも聞かへんかったことにするんや。エンちゃんにはもちろん、周にも、俺らが知ってること気づかれへんように、今までどおりに振《ふ》る舞《ま》うんや。ええな？」

つくねの串を三人の顔の前で振りながら、律は毅然《きぜん》と言った。

「知らん顔して、わざと邪魔してやるためにな」

へらっとつけ足すと、嬉しそうにつくねに噛みついた。

「せ、先生それはちょっと…」

串をくわえたまま、律はじろりと添田をにらむ。

「ちょっとなんやねん？」

「いや……」

添田は太い眉をへなっと下げ、棚橋と堀江の顔を交互に見た。三秒後、

「めっちゃ楽しそうですねっ」

忠実なアシスタントたちは、律の企画に声を揃《そろ》えて賛同《さんどう》していた。

「ほな、エンちゃんとまどかちゃんに乾杯！」

「カンパーイ」

このようにして、一ヵ月後には少年ジャンクの人気キャラナンバーワンになる〝怪獣少女まどかちゃん〟は誕生し、仕事が忙し過ぎて遊びに行けない漫画屋のお兄さんたちは、密《ひそ》かな娯《ご》楽《らく》を手に入れたのであった。

あとがき

松前侑里

新世紀、あけましておめでとうございます。

本が出るのは二月ですが、これを書いているのは一月なので年賀状風味です。

二十一世紀……。子供の頃にはSFっぽい世界を想像してたのにそれほどでもないなぁというのと、いやいや映画や漫画の中にしかなかったものが実現しててすごいぞという両方の気分が半々というところでしょうか……。

小説も手書きではなくワープロやパソコンで書くようになりましたが、お話を創る作業というのは相変わらずです。いろんな情報が簡単に手に入るスピードから考えると、ひとつのことを伝えるために、時間と労力をかけてたくさんの言葉を並べるというのは、かなり効率の悪い表現ですよね。でも、その効率の悪さが、私はけっこう好きだったりします。

そのくせ、人生もっと努力なく簡単にいかないものかなぁ……などと思っているのですから矛盾してますよね。風水や占い、魔除《まよ》けや御利益《ごりやく》グッズなど、他力本願《たりきほんがん》系のものには目がないし、元気な人にパワーを分けてくれーとお願いすることもしばしばです。

表題作の『雨の…』を書いているときも、ペコペコにヘコんでいたので、某作家さんに〝小説書ける書けるビーム〟を送ってもらっていました。『文庫になったらあとがきに書いてよ』

と言われ、『書く書く』と笑っていたのですが……。効いちゃったみたいです。榊《さかき》花月《かづき》先生、その節はありがとうございました。今度はぜひ、〝本売れる売れるビーム〟をお願いします。

イラストを描いてくださったあとり硅子先生にも感謝感謝です。自分の書いたものをこんなに素敵な絵にしてもらえるなんて、幸せのひと言です。続編を書いているとき、めげそうになるたびに、『雨の…』の円と周の絵から元気をもらいました。本当にありがとうございます。

好きですとか言いつつ、よくめげてますね。でも、好き＝楽勝とならないところがまたよいのであります。いや、ほんとに。はんとに？　うーん……。

そんなこんなで、ディアプラス編集部の皆さまをはじめ、たくさんの方々のお力をお借りしてできたトカゲ本、少しでも楽しんでいただけたら幸いです。

さて、最後に今年の目標です。干支《えと》だから御利益ありそうだし、長いものには巻かれろと申しますし……ここは一発、にょろっとした小説を書いてみるべし。と思ったのですが、やめました。爬虫類《はちゅうるい》が苦手な担当の前田さんに嫌われそうだし、じつは私も……。極太《ごくぶと》のを首に巻いてもらったことがありますが、あんまり可愛《かわい》いと思えなかったでした。ごめんね、ヘビ。

でも、御利益はほしいので、可愛いヘビグッズでも買うことにいたしましょう。

というわけで、トカゲのつぎは、夏か秋にワニ本でぱくっとお目にかかれる予定です。のんびりカメな私ですが、本年もどうぞよろしくお願いいたします。

D E A R + N O V E L

雨の結び目をほどいて《あめのむすびめをほどいて》

この本を読んでのご意見、ご感想などをお寄せください。
松前侑里先生・あとり硅子先生へのはげましのおたよりもお待ちしております。
〒113-0024 東京都文京区西片2-19-18 新書館
[編集部へのご意見・ご感想] ディアプラス編集部「雨の結び目をほどいて」係
[先生方へのおたより] ディアプラス編集部気付 ○○先生

初　出
雨の結び目をほどいて：小説DEAR+ Vol.4 (2000)
秘密の恋の育て方：書き下ろし
Too Sweet：書き下ろし

新書館ディアプラス文庫

著者：**松前侑里** [まつまえ・ゆり]
初版発行：**2001年2月25日**

発行所：**株式会社新書館**
[編集] 〒113-0024 東京都文京区西片2-19-18 電話(03)3811-2631
[営業] 〒174-0043 東京都板橋区坂下1-22-14 電話(03)5970-3840
印刷・製本：**図書印刷株式会社**

定価はカバーに表示してあります。乱丁・落丁本はお取替えいたします。
ISBN4-403-52040-5

この作品はフィクションです。実在の人物・団体・事件などにはいっさい関係ありません。

S H I N S H O K A N